酒に溺れた人魚姫、海の仲間を食い散らかす

The Tale of the Drunken Mermaid Who Ate Up All Her Friends in the Sea.

Sakamura Yukke,

酒村ゆっけ、

KADOKAWA

酒に溺れた人魚姫、海の仲間を食い散らかす

この物語は、私が酒に陶酔しているとき、瞼の裏に浮かんだ映像を書き起こしたものだ。

どこか不完全な主人公たちの、生きづらさから解放されたいが酔いから覚めたくはないという二つの思いがぶつかり合い、行き場がなくなった不思議な物語。

――酒村ゆっけ、

The Tale of the Drunken Mermaid Who Ate Up All Her Friends in the Sea.

CONTENTS

口紅の弾丸……7

外の世界を知らない猫……31

フラワーボーイ……41

酒に溺れた人魚姫、海の仲間を食い散らかす……67

くまのくぅーちゃん……103
深夜のＯＬ牛丼……139
本当にあったビデオカメラ……153
あの頃のクリームソーダ……181
ショートケーキの空襲……197
「　」……221
おわりに……245

装　画	千海博美
本文挿画	Aki Ishibashi
装　幀	長崎 綾（next door design）
D T P	荒木香樹
校　正	鷗来堂
編　集	伊藤 瞳

口紅の弾丸

The Tale of the Drunken Mermaid
Who Ate Up All Her Friends in the Sea.

ふみちゃんは、もともと肌が白く華奢で、いつもどこか自信なげな優しい子だった。

百貨店の地下一階に広がるありとあらゆるコスメたちの中から、私は選ばれた。多くのブランドが住宅街の家々のように並ぶ中、ブランドに無知なふみちゃんは、引き寄せられるかのように私の前に来た。

真っ赤な大人の色、しっとりとしたツヤ感とほんのりと香る薔薇の匂い。

私は、数多くの女性の唇に花を咲かせてきた。「美しくなりたい、あの人に振り向いてもらいたい、自分を好きになりたい」という女性たちに、もっと自信を持ってもらいたくて、この人生を何周も巡っている。


最初ふみちゃんは、初めて踏み入れた土地でもあるかのように挙動不審で、恐る恐るずらりと並ぶコスメたちを眺めていた。

ひと目でベテランなんだとわかるバッジを輝かせた社交的な美容部員の女性が「この色、きっとお客さまにぴったりですよ〜。今日はなにかお探しですか？」と、声を掛ける。語尾を伸ばす話し方は独特で、口角がきゅっと上がっている。

狙った獲物は逃さないという目をしていた。

「え、えっと……なにを買えばいいのかわからなくて……」と目を泳がせながら、

「これ、この口紅を試してみたいです」と咄嗟に手に取ったその口紅が私だった。


ふみちゃんは、先月誕生日を迎えて25歳になった。

週末は家事をしたり、公園で近所のコーヒーショップのチャイラテを片手にボーッとしたりして過ごしている。趣味は特になく、友達付き合いも多くはない。

東京の小さなオフィスで勤勉に働くOLだ。

普段からあまり目立ちたくない性格のせいか、これまで口紅なんて塗ったことはないと言う。ほんのりピンク色が付く薬用のリップを、近くの薬局で買ったことしかないそうだ。


ベテラン美容部員の手によって、あっという間に綺麗な赤が彼女の唇の輪郭をなぞった。

「……」

「綺麗ですよ～。お客さまは肌も白いので、赤がアクセントになってよくお似合いです～」

ふみちゃんは自分を鏡で見たとき、まさか自分の人生で自分に対して綺麗という言葉が掛けられるとは思っていなかったので、自分でも驚いているようだった。

「この赤、とても綺麗……」

普段から綺麗という単語を言い慣れた美容部員とは、その重みが全く違う。

こうしてふみちゃんは、デパコスと呼ばれる簡単には手が届かない口紅を、少ない給料から毎月貯めているお金で、初めて買ったのだった。

今日から私は、この子と時を刻んでいくのね。

厳重に何層にも包まれた箱の奥底から、「よろしくね、ふみちゃん」と挨拶をした。

ふみちゃんの自宅は、駅から少し離れたところにある1Kのアパートだ。

真面目そうに見えて、家事はそんなに得意ではないらしく、部屋は散らかっていた。週末に一日かけて掃除をしても、すぐに物で部屋が埋め尽くされてしまうらしい。床に散らばった服や鞄を踏まないように、窓際にあるベッドへ倒れ込む。箱を覆うピンク色のシルクのリボンをするりとほどき、箱の中から私を取り出した。薄明かりの灯る天井に掲げてみる。黒の容器が光を反射し、宝石のようにキラキラと光る。

私を迎える子たちは、恋をしていたり誰かから可愛いと思われたい、大人びた自分を演出したいという気持ちを持っていたりすることが多かった。

赤の口紅は普段使いには向いていないので、よそ行きで使うことが多い。特別な日に、真っ赤に染まる女の武器として私の蓋を開けるのだ。

ふみちゃんも、今まで出会ったあの子たちと同じように、関心を持ってもらいたい相手がいるのだろうか。


ふみちゃんは、私を宝物のように大切に扱ってくれた。

買ってからまだ使ってくれてはいないけど、会社に行くときも休日散歩に行ってカフェで一人お茶をするときも、鞄のポケットに入れていろんな世界に連れて行ってくれた。

とある日の午後、会社でふみちゃんは集中が切れたのか、マウスをカチカチと不規則なリズムで鳴らしながら、ぼうっとパソコンの画面を眺めていた。

すると後ろからスッと缶コーヒーが差し出された。

「佐々木、寝不足か？　これでも飲んでもう少し頑張ってくれ」

「あ、ありがとうございます、部長。すぐ書類作りますね」

急に我に返ったせいか、ふみちゃんのお腹が図らずもグーッと鳴ってしまった。こんな音聞かれてしまって恥ずかしすぎる、死にたくなるという焦りが、鞄の中にいても伝わってくる。

その様子を見て、部長と呼ばれた男がくすっと笑った。

「腹減ってんのか？　この後飯でも行くか」

ふみちゃんが返事をする前に、男は「最近、近くに新しい中華料理屋さんができたんだよ」と言って、去っていった。すらっと高身長で体格もよく、今人気の俳優にどこか似ていた。

ミント味のガムを噛んだ後に吹く爽やかな風のように去る彼の後ろ姿を見送り、ふみちゃんは机の上に顔を伏せた。

「はぁ……」

ふみちゃんがため息をつく。ああ、これは恋のため息ね。

勤務後に、隣駅の時計台の下でポケットに手を入れてあたりを見回すふみちゃん。集合場所も決めていないのにここに来るということは、何度もここで待ち合わせているからだろうか。仕事帰りのサラリーマンや学生たちの足音は、ふみちゃんの緊張をいくぶんか和らげた。

息が白い。星一つない真っ暗な空を見上げれば、今にも雪が降ってきそうだ。

「ごめんね、待たせたね」

部長と呼ばれていた男が、温かいほうじ茶のペットボトルを渡してきた。カイロ代わりによかったら、なんて言える男は久しぶりに見た。

賑わう中華料理屋の店内で、二人がどんな会話をしているのかは聞こえてこなかったけど、お手洗いに行くとき、ふみちゃんはそっと私をポケットに忍ばせた。鏡を見つめ、うっすらと唇に色を載せる。

「突然、真っ赤にして出たら変だよね。難しいなぁ」

美容部員さんに教えてもらったとおりに、ぽんぽんと小指でぼかしてみる。するとほんのりとした色づきになった。

席に戻ると男は、「あれ、佐々木。今の一瞬でなんか雰囲気変わった？」とビールを飲もうとした手を止めて、まじまじとふみちゃんの顔を覗き込んだ。今まで色んな男を見てきたけど、些細な変化に気づく男はやっぱりモテるのよね。

「新しく口紅を買ったので付けてみました」

「似合ってる、ちょっとドキッとした」

急に真顔になった二人の目が合った。お待たせしましたと目の前に出された担々麺の湯気だけが、ゆらゆらと動いている。

「ずるいですよ」

唇に負けないくらい頬を赤らめるふみちゃんは、純粋にとても可愛かった。すぐに目の前にあったジョッキで顔を覆い隠すように、少し残っていたビールを熱い身体に流し込んだ。

「本気だよ。この後はなにか予定ある？」


中華料理屋を出て、二人は肩が触れ合うくらいの距離で歩き出した。

鞄の中のほうじ茶は、二人の酔いに代わってとっくに冷めていた。

歩く二人の間に行き交う言葉はない。人通りの少なくなった商店街で、野良猫のみゃあという鳴き声だけが響いていた。

歩くたびに、少しだけ手が触れる。手と手がぶつかって三回目のとき、気付けば指は絡み合い、お互いの温もりを感じる距離になっていた。男の薬指には、指輪を外した跡がうっすらと残っていた。

ふみちゃんは、時折ぎゅっとその手を強く握った。

「二軒目、どこ行きますか？」とふみちゃんは口を開いた。


窓も閉ざされ、閉鎖された空間に佇む広いベッドの上で、ついうたた寝をしてしまったことに気付いたふみちゃんは、身体を起こした。

直接全身を包み込む布団の肌触りが気持ちいい。けれど、隣には誰もいない。

充電を終えたスマホには、二時三十七分という数字。

飲みすぎたのか頭が少しだけズキッとして、テーブルの上にある水に手を伸ばした。

その下に置かれていた一枚のメモ用紙の内容を、私はすぐ横に置かれていたから知っている。


「ごめん、嫁に心配されちゃったから帰るね。また明日」


ふみちゃんは、そのメモを見てくしゃっと丸めて床に投げた。

「もうやめなきゃいけないのはわかっているのに」

口紅を手に取って、大きな鏡を見ながら綺麗に塗っていく。一糸纏わぬ真っ白な身体に、美しく薔薇の花が咲き乱れる。

「私もこの赤に見合う強い女になれたらいいのに……」と、ふみちゃんは似合わない煙草を吸っていた。

あの男が置いていった煙草なのだろう。

吸い慣れていない煙草にときどきむせながら、ため息と一緒に煙を吐き出す。

煙が彼の残像のように、優しくふわりと部屋を包み込む。

吸い口が赤く染まった煙草の吸殻が力なく横たわった。

このとき私は、この子が幸せの似合う強い女になれるよう力を貸したいと、強く思ったのだった。


口紅を塗ると、少しだけ自信が持てると、ふみちゃんは口にするようになった。

ある日ポストを覗くと、宗教勧誘のチラシと水道修理のマグネット、そして一枚のはがきが入っていた。高校の同窓会の知らせだった。

いつも欠席していたけど、今回は行ってみようかなとふみちゃんは呟いた。

紺色と黄色のチェックのマフラーに、ベージュのコートを羽織り、赤い口紅をポケットに忍ばせ、同窓会の会場に足を踏み入れた。

既に複数のグループができあがっていて、聞いたことのあるようなないような声が会場いっぱいに飛び交っていた。

卒業以降、特に関わることもなければプライベートで飲みに行くこともなかったので、集団の輪に入りづらいのだろう。入り口まで足を踏み入れたものの、今なら引き返せるかもしれないと背を向けようとしたそのとき、「佐々木さん、久しぶり！　心配してたんだよ」と声を掛けられた。

「おお、佐々木じゃん！」

「なんで今まで顔出さなかったんだよ～」

はつらつとした声がふみちゃんに次々と掛けられた。

「もう忘れられちゃってると思ってた」

咄嗟のことに、ふみちゃんは思っていたことをそのまま口にしてしまっていた。

「そんなわけないじゃんか！　覚えてるよ、合唱コンクールの伴奏での演奏とかさ。曲、なんだったっけ？」

「あれだよ、『猫の恩返し』の『風になる』。みんなで公園とかに集まって練習したよね！」

ふみちゃんの記憶からは消えかかっていた思い出が蘇る。

影が薄く、面白いことも言えなければ、とびきり秀でたなにかがあるわけでもない。ふみちゃんは、卒業アルバムを指差しながら「こんなやついたっけ？」と言われてしまうような種類の人間だと自分のことを低く評価してきた。でもそんなことはなかったのだ。

「佐々木さん、リップすごい似合ってるね。私も赤が似合う女になりたい〜」

高校3年生のときにクラスが一緒だった、八重歯が元気な印象を与えるショートヘアの女性から話しかけられる。

「ありがとう」

素直に褒め言葉を受け止めるふみちゃんは初めてだった。否定の言葉ではなく、素直にありがとうの平仮名五文字を口に出せたことに、ふみちゃん自身も驚いているようだった。ふみちゃんと同じくらい私も嬉しかった。

ひととおりみんなと思い出話に花を咲かせ、お酒を数杯飲み、ふみちゃんはお手洗いに向かった。

口紅を取り出し、色の薄くなった唇にもう一度丁寧に赤を塗り直す。

鏡に反射して映った自分と向き合い確信した。ふみちゃんの心には口紅の赤のような自信が芽生えていた。

何故、これまで自分のことをしっかりと見て優しくしてくれる人は、彼だけだと思っていたのだろうか。

ふみちゃんにとって特別なあの男は、ふみちゃんのことを特別扱いはしてくれない。会いたいと言って会えることはない。

ふとした瞬間、特に寝る前に、そんな事実が頭をよぎって死にたくなる寂しい夜が何度あっただろう。

自分も他人も傷つける恋愛はもうやめようと強く心に誓ったのを私は見届けた。

ただ、事態は急に変わった。

「もう部長とは会えません」とメッセージを送ってしばらくして、彼から初めて告白されたのだった。

「嫁とはもう本当に離婚しようと思って話し合ってる。僕は佐々木とこれからを歩んでいきたい。好きなんだ」

私は正直不安だった。純粋なふみちゃんだからこそ、この言葉を信じ切ってしまうかもしれない。そもそも不倫する男にロクなやつはいないのよ。

ふみちゃんの心が再び揺らいでいるのがわかった。きゅっと唇を強く噛み締める癖を見せるときは、決まってあの男のことを考えるときだったからだ。

結局ふみちゃんは、彼の言葉を信じてよりを戻してしまった。

会社の人たちはもちろん、誰にも秘密の二人だけの時間。ふみちゃんにとっては女の赤、私にとっては疑心の赤を唇に咲かせながら、あの男と愛し合う。

「愛してる」

彼女の唇を伝って、相手の唇にも色が灯る瞬間に私は悟る――やはり、なにも変わっていない。この男、黒だ。

私は伊達に口紅じゃない。何百、何千、何万という数え切れない唇に触れてきた。その子たちの持つ唇と一心同体になることで、幸せを応援してきたのだ。そして、唇同士が重なるときには愛の温度が伝わってくるということを知っている。でも、この男の唇に触れた瞬間男から伝わる温度はなかった。詐欺師のようなこの唇からは、トランプのジョーカーのような嘘の味がした。きっと、まだ奥さんと別れるつもりはないのだろう。


女の敵、正真正銘のクズ男とはこいつのことだわ。今度、辞書が改訂されるならクズ男の欄にこいつの名前を付け足したいくらい。唇の形や柔らかさを通して、私は全てお見通しなのよ。

私の存在目的は強く美しい女でいるための魔法の武器であること、そして女の思いを踏みにじる悪を貫く銃弾であること。この二つだ。

今日もふみちゃんは、最近買ったイヤリングを着け、髪を内側に巻いて、あの男とのデートに行こうと準備をしていた。鞄の内ポケットは私の特等席。

会ってからの流れはいつも一緒だ。

二人でご飯を食べて、会社のことやくだらない日常話に花を咲かせ、ビールを飲む。そして、そのままホテルに向かうのだ。

「いつまで、このまま待ってればいいいんだろう」

ふみちゃんの心の声が聞こえる。

「悪いのは私だ。忘れるって決めたのにすぐに曲げてしまった弱い自分。いつになったらちゃんと彼女になれるのか聞けない自分。捨てられてしまうのが怖い」

気付けば、同窓会でほんわりと灯ったふみちゃんの自信は消えてしまっていた。

今日は二人ともいつも以上に深酒していた。街も夜遅いからか静まりかえり、同じように酔っ払ったサラリーマンが道端でぐったりと眠っている。

「佐々木はさ、自分からなにか求めてきたことなかったよな。なにかしたいこととかないの？」

ホテルに向かう道すがら、男はふみちゃんに尋ねた。

「……特に思いつかないです。ごめんなさい」

外よりも静寂な二人だけの空間が少しぎこちなくなる。いつもと同じ光景なのに空気が少し張り詰めている。


この男がふみちゃんのことを気に入っているのは確かだが、回数を重ねるにつれて、このはっきりとせず主張のないふみちゃんに、次第に飽きてきているようだった。ほんの少し他の新しい女の香りが私の嗅覚をかすめる。

ベッドから離れたテーブルの上で、男のスマホがうっすら光っている。数件の女性からのメッセージの通知。

男はそっと起き上がり、スマホを手に取ってメッセージを返す。どうやら、今から別の場所に移動するようだ。妻のもとへ帰るのか、それとも新しく目をつけている女のもとへ行くのだろうか。

そんなことも知らないふみちゃんは、きっと幸せな夢を見ているに違いない。

男がシャワーを浴びに行った瞬間、私は机の上から飛び降りた。


「ごめんね、ふみちゃん。あなたを救うにはこれしかないの」


私は、幸せそうに眠る彼女に最後の別れを告げる。

カタンと小さな音が鳴った。

床には、ふみちゃんとあの男の服が散らばっている。私は落ちた衝撃で蓋を外し、あの男のシャツの襟元に口紅の赤をサッとつける。そのまま転がって、ズボンのポケットの中に入り込んだ。

ふみちゃんを起こさないよう電気は付けないはずだから、この薄暗い中、私の残した跡に気付くことはないだろう。それにまだ酔いもそんなに覚めていないようだし。

口紅はときに、男を撃ち抜く銃になる。

ふみちゃん、幸せになってねと、暗がりの向こうの姿を目に焼き付けた。


その後、いまだ妻も住む家に戻ったあの男は、口紅がきっかけで妻と大口論になっていた。妻は、決定的ななにかをずっと待っていたようだった。違う部署の女性に、取引先の女性、たまたま知り合った女の子、学生時代の友人……いくつもの女性の名前が挙がった。ただ、ふみちゃんの名前が出されることはなかった。

妻の要望で、男は会社を辞めた。今はどこでなにをしているかはわからない。

ふみちゃんは元気にしているだろうか。そんなことを考えている最中に、私は処分されてしまった。

目を覚ますと、いつもの百貨店の化粧品コーナーで、新品の状態で展示されていた。

本体の黒い容器は美しく磨かれ、口紅の断面はほんのり丸みを帯びている。ああ、新しい人生がまたスタートしたのだ。

真っ白な肌の凛とした美しい女性が目の前に歩いてくる。彼女の目に迷いはなく、強い女性そのものだった。

この子には、強さや勇気ではなく香水のようにさりげない隠し味を、ほんの少しそっと添えてあげるくらいで十分ねと、芯の通った声を聞くだけでわかる。

「すみません、この口紅を、一つください」

彼女は、迷うことなく私を指差した。

今度は緩やかな人生になりそうねと顔を上げると、それはほかでもない、ふみちゃんだった。

胸下まで届く黒髪。顎下まで伸ばされた前髪は外側に巻かれていて、大人っぽい落ち着いた色気があった。目元から上を向いたまつ毛と、目尻にきゅっと跳ねたアイラインが、彼女の目力を強めていた。

「お客さま、確か以前もここで同じ口紅を買われていましたよね～？」

ベテラン美容部員は、物覚えがいいところも含めてベテランなんだろう。


懐かしい部屋は、相変わらず散らかっていた。ふみちゃんは、ベッドの上で箱から私を取り出す。懐かしい部屋の空気と温もり。

私は「ただいま、ふみちゃん」と呟いた。

私の声が届かないのはわかっている。

だけどふみちゃんは、優しく両手で私を包み込んだ瞬間にこう言った。


「おかえりなさい」

恋のリボルバー

隣で眠る男の横で押し殺した涙	10ml
大人な恋のエッセンス	1dash
真っ赤なバラのような口紅	3本（2本は溶かして混ぜる）
浮気	2回
百貨店のアナウンス	30dB

外の世界を知らない猫

The Tale of the Drunken Mermaid
Who Ate Up All Her Friends in the Sea.

部屋が静まり返った深夜に、茶色い粒のご飯がこんもりと盛られた器の前で、舌を器用に操り一粒一粒丁寧にすくい上げる。

うん。今日もあまり美味しくはないなと、あのウェッティなツナ缶に思いを馳せる。

僕は飼い猫。外の世界はなにも知らない。一緒に住んでいるガサツで親父のような趣味嗜好をした独身女性に飼われている。

どのくらいガサツかというと、落ちた物は足で拾うし、賞味期限なんか気にしない。いつもキムチやニンニク、身体に悪そうなラーメンなんかと一緒にビールをグビグビと飲んでいる。

彼女は毎日「大好きだよ」とぎゅっと抱きしめてくるんだけど、それはもう鬱陶しい。そんなときは、液体のように柔らかい身体で、彼女の腕からすり抜ける。

しかし、何不自由なく生活させてくれるので親切な人間だ。この人間のことをヒモノちゃんと呼ぶことにする。

あまり物事を記憶していないので、なんでここに来たのかとかそういうことは一切覚えていない。唯一覚えていることと言えば、寝ぼけ眼な僕のことなんかお構いなしに差し込んでくる光が眩しかったと同時に暖かかったということだけだ。

昔からの癖で、眠たいときは毛布をふみふみするのだが、これは癖にすぎず、母親が恋しいというわけでもなんでもない。

「お母さんに会いたくて寂しいんだよね」と言われることがあるけど、それは人間がそういう切ないストーリーを紡ぎたいだけで、エゴにすぎない。

でも、パンをこねるかのように毛布をふみふみするのはやめられない。

ヒモノちゃんは、僕になんでも与えてくれる。

キャットタワー、健康に特化しているせいであまり美味しくないカリカリ、ぬいぐるみ、おもちゃ、猫じゃらし……なんでもある。

うさぎの白いぬいぐるみは大のお気に入りで、去勢とやらをされる前はよくマーキングしていた。僕の初めては、恥ずかしいことにそのうさぎだった。ぬいぐるみを口にくわえては場所を移動し、思いっきり噛み付いて足で蹴りを入れるのがストレス発散になって気持ちがいい。真っ白なぬいぐるみはすぐに汚れてしまうので、結構な頻度で洗濯バサミに吊るされたうさぎを目にする。ギリギリ届かない空中でぷらぷらと揺れるぬいぐるみを取りたくて仕方がない。

ヒモノちゃんは基本ずっと家に引きこもっているので、しょっちゅうちょっかいを出してくる。他に構ってくれる相手はいないのだろうか。いつも一人だった。夏は一日中クーラーのついた部屋で寝転び、お酒を飲んで映画を眺めていたし、冬は一日中こたつの中でお酒を飲みながら本を読んでいた。

たまに家を出ても、数十分後には両手いっぱいに透明のビニール袋をぶら下げて戻ってくる。その中にはお酒やカップ麺、レトルト食品、そして僕のおやつも入っている。ヒモノちゃんは意外に狩りが上手いのだろうか。いつか僕も連れて行ってほしい。

ちょっかいの中でも厄介なのは、気持ちよく寝ているときに突然お腹に顔を埋められる「もふもふ」という行為だ。

人間は猫にもふもふしないと生きていけない生き物なのだろうか。せっかくお手入れした毛並みが崩れるので、イラッとしながらすぐさま整え直すのがルーティーン。大抵は、もふもふと顔を埋める飼い主の髪の毛を思いっきり数本引きちぎるとその場から撤退してくれるということを学んだ。

ただもふもふを許容する瞬間もある。それは、大好きなおやつで餌付けされているときだ。

ちゅるちゅるのやつはもちろん、砂肝ミックスを乾燥させたものも大好物だ。お腹いっぱいでもこれなら無限に食べられる。あの袋が擦れる音がした瞬間に飛んでいって、スリスリと身体を擦り付けて喉を鳴らす。これをパブロフの犬というのだろう。するとニャッとしながら砂肝をくれるのだ。僕の食の好みまでいつの間にか、ヒモノちゃんと同じくおっさんになってしまったみたいだ。

ヒモノちゃんは僕を信用してなのか、机の上におやつ袋を放置したままコタツで眠りにつく。袋をズタズタに引き裂いて全部食べたい……と、じっと眺めるんだけど、以前パスタや小麦粉の袋を破壊した後に、ケース買いしてきた豆乳の全部のパックに歯で穴を開けたら、とんでもなく怒られたのでやめておく。本気で怒ったヒモノちゃんは、誰の手にも負えないんだ。

とある夜、ヒモノちゃんのいびきがあまりにもうるさいので、自分でドアノブに手をかけて扉を開けて部屋を移動した。

身体が生まれつき大きいのでなんでも手で開けられるのだ。引き出し、お風呂場、冷蔵庫なんでも開けることができるのが僕の特技。

いびきの温床から抜け出したら、お気に入りの場所で眠りにつく。ソファの真ん中に陣取るか、ヒモノちゃんが本来寝るべきベッドが空いているので、そこで寝るのだ。お腹を晒して大の字になって眠る。ヒモノちゃんはこの姿を無防備だと笑って写真を毎回撮ってくる。そして朝になれば、カーテンから差し込む朝の光で目を覚まし、近くの壁で身体を思いっきり伸ばす。

僕が身体を伸ばすときに壁に爪痕がついてしまうのを見越して、部屋の至る所に爪とぎ防止シートが貼られている。悪気はないんだよ。

ヒモノちゃんは、お節介だ。

誕生日やクリスマスには人間が食べるよりも高そうなケーキを買ってくるし、暮れになると、僕用のおせちや年越し蕎麦なんかも用意する。

正直、そんなに興味ないからいつも食べない。それをわかっているのに、いろいろ与えてくる。まるで恋人にプレゼントを渡したときにどんな反応してくれるんだろうと浮き立つ恋する乙女のような眼差しで僕を見てくる。

最終的に、一切食べない僕にちゅるちゅるのやつをくれるのでありがたい話だけど。

時折、僕の手や足の肉球の匂いを嗅いでは「ポップコーンみたいな匂いがするね、クンクン」と鼻息を荒くしている。僕は、さっきトイレしてうんちを少し踏んだばかりなのに馬鹿だなと思いながら、その様子を淡々と見つめる。

別の日には僕が一人でいることを寂しいと思ったのか、ガールフレンドだよって友達を連れてきた。

去勢された僕にプラトニッククラブを楽しめというのか。歳は変わらないけど小柄で、人間にされるがままのその子は、僕を見るなり爪を立て「シャー――!!」

と威嚇してきた。なにもしていないのに迷惑な話だ。

その後、自分の匂いを再度部屋中にこすりつけるのに苦労したものだ。「ごめんね……友達がいれば遊べるかなと思って」と、ヒモノちゃんはちゅるちゅるのおやつをくれた。


ヒモノちゃんが激しい二日酔いで布団から一ミリも動けないときも、生きがいだと楽しみにしているアニメの推しキャラが突然死んでしまい、一つの恋が終わって泣いているときも、お笑い番組を見て涙を流しながら笑っているときも、僕は犬みたいに気持ちを察して寄り添ったことは一度もない。猫だから。あまり相手の感情を読むということができないから仕方がないんだ。

腕が傷だらけになっても、「毛玉が喉に詰まっちゃうから」と、ブラシで僕をとかすその手を離さない。

人間って馬鹿だよな。与え続けるだけで、なにが楽しいんだろうか。

でもありがとう。十数年間、変わらない生活と景色。ヒモノちゃんは、ずっと一人のまま僕に愛を捧げ続けている。

僕がいなくなってしまったら彼女は完全に孤独になってしまうのだろうか。孤独の寂しさを時折見せるヒモノちゃんこそ猫になればいいのになといつも思う。

季節は巡り、あっという間に月日は過ぎ去った。

いつの間にかカリカリは噛み砕けなくなり、スープのようなご飯に変わっていた。全力で夜な夜な駆け上ったキャットタワーに登ることも難しくなってきた。ヒモノちゃんのそばにくっついて、眠り続けるだけの日が増えた。

ヒモノちゃんは相変わらず一人だった。今日も身体を撫でてもふもふしてくるけど、もう嫌じゃないよ。いつも喜んでもふもふしてくるくせに、なんで泣いているの。

今日も「大好きだよ」ってぎゅっと抱きしめてくる。鬱陶しいけど心地がいい。なんだか無性に眠くなる、もう瞼が一生開かないんじゃないかっていうくらい。

僕はこの大好きだよっていう意味も感情もよくわからないけど、もし生まれ変わるなら彼女のことも大好きだよって抱きしめてあげられる存在になりたいな。

ああ、眠いな。おやすみね。

キャッティースター

ちゅるちゅるのやつ……………………20ml

隠しきれない狩猟本能………………1dash

ふわふわの毛玉………………………1g

好奇心の塊 …………………………3個

心の端っこで思う飼い主への感謝……2回

フラワーボーイ

The Tale of the Drunken Mermaid
Who Ate Up All Her Friends in the Sea.

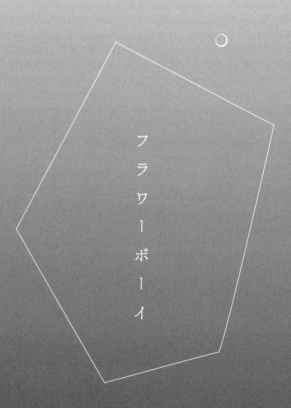

春。麗らかな日差しが一人の青年を照らしている。

青年は先端が長い黄色のじょうろを握りしめ、花壇に咲き誇る花たちに水をあげている。

「さゆりちゃん、今日も綺麗だね。あゆみちゃん、ちょっと元気ない？　肥料が足りていないのかな……」

花一本一本に話しかける青年に、近所のおばさんや犬の散歩中の男性は一瞬奇異の目を向けては、なにも見ていないかのように通りすぎていく。

彼の名は誰も知らない。しかし巷では「フラワーボーイ」と呼ばれている。

そして私は、彼に愛でられながら彼を見続けている花だ。彼の人生をここに書き残さねばならないと、筆を動かしている。

フラワーボーイは世界中の誰よりも花を心の底から愛していた。いつでも花を持ち歩くことはもちろん、花への愛が故に突拍子もない行動を繰り返していた。

フラワーボーイは、花に対して桁外れの思いと熱量、そして並々ならぬ知識を持つので、花たちとのこぼれ話を綴る彼のＳＮＳにはそれなりのフォロワーがついていた。

普通に生活していればモテるんだろうなというくらい目鼻立ちがはっきりしているので、花と戯れる写真を投稿すれば、すぐにそこその数の反応があった。彼に会いたいとメッセージを送るファンやインフルエンサーも少なくなかった。

しかし、一度会ってしまうと最後。その後、彼ともう一度会おうという人は現れない。


これは、ある食事会での話だ。

彼を慕うIT系起業家の男性が、表参道にある予約が取れない人気のレストランのランチコースを押さえたので、ぜひフラワーボーイくんにも来てほしいと彼を誘った。

青年は花束を用意し、現地に向かった。会う人には、その人にぴったりの花言葉を持つ花を含めた花束を用意して渡すという習慣があったからだ。

「やあ、フラワーボーイくん！　来てくれてありがとう。ここまで遠かったかな？　お会いできて嬉しいよ」

社交辞令を感じさせない温もりで挨拶を交わす社長。

「偶然こちらで予定があったのでちょうどいい距離でした。僕もお会いしたかったので嬉しいです」

そう言ってフラワーボーイは、用意した花束をさっと取り出しプレゼントする。花束を受け取った相手は決まって驚きと同時に満面の笑みを浮かべ、青年の瞳を見つめながら大喜びをする。

しかし、問題はここからだった。

料理の前に運ばれてきた水を見た瞬間、フラワーボーイは「すみません、先ほどの花束お借りしてもいいですか？」と可愛らしい笑顔で花束を回収すると、包み紙からさっと花を取り出し、水の中にいけはじめたのだ。

「わああ、ここのお水美味しいって、この子たちが喜んでます！」

うっとり花を眺めながら「ちょっと僕も喉渇いちゃったみたいです」相手のグラスを手に取って飲み干した。

食事を終えて店を出る直前には、フラワーボーイはいけていた花束を包み紙の中に慣れた手つきで戻し、その水をごくごくと飲み切った。

「デトックスになるんです。花って素敵だなぁ」

相手のすっかりくもった表情を気にすることなく屈託のない笑顔で言い放ち、彼はその場を立ち去るのだった。

最初はなんとか苦笑いを浮かべていた相手も、この頃にはすっかり疲弊してしまい、早く帰ってくれ、もう二度と会わないと誓うのだった。

先日呼ばれた飲み会の夜にも、フラワーボーイはやらかしている。

飲み会の最中にはチェイサーの水に花をぷかぷかと浮かべて一同を絶句させた。

しかし話はこれだけに留まらない。彼の行動が生み出したなんとも言えない雰囲気にも負けず、みんなでもう少し飲もうかと、二軒目に向かって歩いているとき、彼は突如「ちょっと待ってください！」と胸ポケットから小袋を取り出し、道脇の土を触りはじめた。

実は彼には、通りすがりによさそうな土を見つけたら花の種を植える習慣があった。公園の花壇、人の家の庭、そんなことはお構いなしだ。

　こんな調子だから、人と会うたびにフォロワーはぽつりぽつりと減っていくが、一方で花言葉の知識や花と彼の写真を投稿するたびに増えていくので、誰もその実態に気付かないのだった。


　そうそう、フラワーボーイの誕生日会のときの、あの凍りついた瞬間は今でも忘れられない。

　フォロワーであるファンたちが、彼の誕生日会を開きたいから来てほしいと言うので、彼は快く受け入れた。

　扉を開いた瞬間、会場はあたり一面色とりどりの花で飾られていて、思わず息を飲むような綺麗な光景だった。

　彼は、嬉しさのあまり涙をこぼした。そんな彼の姿にファンたちは一斉にクラッカーを鳴らし、すかさずファンの代表のような女性が、彼に絢爛たる大きな花束を渡した。

　花を受け取ったフラワーボーイは「こんな僕のために、ありがとうございます

「……っ」と鼻をすすり、次の瞬間、その花束を食べはじめてしまった。

美しい花々をむしゃむしゃと食べだしたフラワーボーイ。先程まで天国のように美しかった会場は、一気に地獄のような空間に変わった。

「新鮮なうちに一緒になっておかないといけないと思って、みんなありがとう」と、彼は、口に花弁をべったりとつけながらしばらく食べ続けた。

「あの、それ食べる用のお花じゃないんですが……」

一人が恐る恐る沈黙を破って口を開く。すると鬼のような形相で彼はこう言い放った。

「誰が、花を食べてはいけないなんて決めたんだ？　どこにも書いてないじゃないか。僕以上に花の知識を持った人はいないんだ。水を差すようなこと言うのやめてもらってもいいですか？」

フラワーボーイの低く冷静な声が会場に響き渡る。彼は、自分の花に対する行為を否定されると癇癪を起こすのだった。

花束を食べ終えた彼は、「ちょっとさすがに許せないんで、帰ります」と五千円札を、そばにあったテーブルの上に残して立ち去った。

フラワーボーイは、自宅での行動も異常だった。

ティッシュペーパーやトイレットペーパーは決して使わず、枯れてしまった花の葉（ふきの葉っぱなど）で尻を拭った。歯を磨くときは、よくわからない枝でシャカシャカと流血させながら歯を磨いた。

食事も必ず自前の花のエキスらしきものが含まれた調味料をふりかけて食べることを欠かさなかった。彼のおやつは、ひまわりの種や春菊などが多かったような気がする。

育てていた花が枯れてしまうと、目が腫れるほど泣き、悲しんだ。その後はドライフラワーにしてしばらくの間は、水や生前その花が好きだった肥料などを供え、毎日手を合わせて挨拶を欠かさなかった。ある意味、花を最後まで大切に敬うという姿勢は、立派と言えるかもしれない。

当の花たちは彼の異常な愛に怯えていた。

花たちにとって彼は不気味だった。嫌悪すらしていた。彼の数々の奇行のせいで、花に対するマイナスイメージを抱く人たちが確実に増えているからだ。

フラワーボーイは、特に美しく咲いた好みの花を、お気に入りの白い花瓶にいけることにしていたが、花たちはそれを「地獄行き」と呼んでいた。

恐らく最低でも数万円はする花瓶なのだろう。出掛ける予定がないときは、その選ばれし花につきっきりで愛を囁き続けた。

「やっぱり、そのウエディングドレス、君に似合うと思ったよ」

そう言って、彼は花瓶の湾曲したラインを指でツーッとなぞる。

「美しいよ、君に相応しい花瓶だ。最後にはこの花瓶が美しい墓場となって、君を包み込んでくれるからね」と、花弁を優しく撫でる。

これ以上この花とフラワーボーイの間になにがあったのか書くことはできないが、目を背けたくなるような求愛行動は多々あった。

運悪く彼のもとに咲いてしまった花たちは、美しく咲き誇るために生まれて来たにもかかわらず、一番美しくはなりたくないという矛盾の中で苦しむことになった。

フラワーボーイは、花以外に友達と呼べる相手がいない孤独な青年だ。

確かに彼は幼少期から、物事やなにかに対して異常な執着を持つことが多かった。人間に対してもそうだった。

身体がとにかく弱かったので、幼稚園や保育園という経験を経ぬまま小学校に入学した。だから、友達との付き合い方がよくわからなかったのかもしれない。入学して初めてできた一人の友達のことを、彼はとにかく愛した。そして、常に自分の隣にいないと気が済まなかった。休み時間、放課後、休日関係なくだ。

自分以外の人と話していると不安になる。奪われてしまったかのような気持ちに襲われる。自分以上にその友達のことを知っている人が現れることが許せなかった。

二年生のクラス替えでその友達と離れ離れになり、互いに新しいコミュニティが与えられると、彼はたちまち一人になった。

新しい友達を作ろうという思いには至らなかったようだ。彼にとって、その唯一の友達が全てだったからだ。

新学期が始まって数日は、休み時間に廊下で話したり放課後は公園で探検をして珍しい花を見つけたりと、なんとか変わらない日常を保っていた。

しかし今日は予定があるからごめんと、一緒に帰ることを断られた日のこと。偶然通りがかった別の公園で、自分以外の友人たちと仲良くサッカーをしている親友の姿を、彼は見てしまった。

すぐさま言葉にならないほどの怒りが彼を支配した。同時に、悔し涙なのか悲しみの涙なのかわからない涙が出てきた。彼はめちゃくちゃになった感情とともに一人で泣いて帰った。

その日以来、休み時間や放課後は図書室で過ごすことにした。そこでたまたま手にした植物図鑑で彼は、この世には意外と身近に毒を持つ花が存在するということを知った。

「これだ！」

フラワーボーイは閃いた。

季節は夏。ちょうど授業で一人ずつ朝顔を育てていた。

次の朝、フラワーボーイは誰よりも早く登校し、朝顔の枯れた部分に実る種を片っ端から採種し、砕いた。

四時間目、トイレに行きたいと授業を抜け出すと、給食室前まで小走りで向かった。

クラスごとに用意された給食のワゴンの中から、友達を奪った少年たちのいるクラスの番号が書かれたワゴンを見つけ出す。気付かれないよう素早く、朝顔の種を細かく砕いたものをこっそりふりかけた。その日の献立がカレーだったのは好都合だった。

昼休みには、隣のクラスの人たちに体調不良が起きていると騒ぎになった。吐き気や腹痛を催している生徒が何人もいると大パニックだった。その中に、自分だけの親友と仲良くしている連中もいたので、フラワーボーイは嬉しくなった。

幸い誰も命に別状はなく、その後なにか変わったことがあったかと言えば、特になにも起きなかった。

給食前にトイレとは違う方向に向かうフラワーボーイを清掃係の男性が目撃していたせいもあり、彼がなにかしたのだとすぐにバレてしまっていた。しかし、小学生の興味本位の悪戯だろうと大人たちも大ごとにはせず、厳重注意で片付けてしまったため、警察沙汰にはならなかった。

ただし、どこからともなく噂は広まり、彼に話しかける者は誰もいなくなった。


フラワーボーイは気味悪がられるようになり、じきにいじめが始まった。彼のことを庇ってくれる人は誰一人いなかった。中学に行っても高校に行っても、いじめが止むことはなかった。

教室にいればなにをされるかわからないので、彼は人影が少ない花壇の近くで過ごすようになった。

花はいつでも彼のことを受け入れてくれた。拒否することも嫌がらせをしてくることもない。ただそばに咲き続けていた。花だから当然なのだけど。どんなに辛いことがあっても、美しく咲き誇る花を見ると心は安らいだ。そのうち、話しかけると言葉が聞こえてくると彼は言った。これは彼の思い込みにすぎない。しかし彼が本音を話せる相手は花しかいなかったのだ。

そこから彼の花に対する愛は日に日に深まっていった。たまたまフラワーボーイという名で始めたSNSで、花言葉と写真を投稿するやたちまち注目が集まり、インターネット上では知られた存在になった。

みるみる増えるフォロワーに、フラワーボーイとしてなら受け入れてくれるのだ、やっぱり花が彼の人生を支えてくれているんだと、より一層花に対する愛は深まっていった。

そうして大学には通わず、フラワーボーイとしての人生を歩みはじめたのだった。

そんな孤独なフラワーボーイの心を動かす出来事が起きた。それは一人の少女との出会いだ。

水やりをしているときにふいに現れた少女は、花を見て「綺麗ですね」と微笑んだ。高すぎず低すぎない位置で結われたポニーテールが風に靡く。どうやら、フラワーボーイのフォロワーでもないらしい。少女は、純真無垢な笑顔を彼に向けた。

以来水やりをしていると、花のことをもっと知りたいと、頻繁に少女は訪れるようになった。

「これがあさみちゃんで、この子は藍ちゃんだよね。一つ一つ個性があって、花って尊いね」

少女は、彼の奇行もあっさりと受け入れている様子だった。毎日花の話をせがみ、笑顔で頷いて聞いていた。両親の趣味がガーデニングで、花に囲まれて育ったのだと少女は話した。

奇異の目を向けず、親しみを込めて接してくれる存在の登場に、彼は最初戸惑ったが、僕もそれは衝撃的なことだと思いながら眺めていた。この世の中には、誰にでも分け隔てなく接してくれる女神のような存在がいるもんなんだなと。

少女はいつしか、フラワーボーイにとって特別な存在になっていった。いつまでも変わらず、一緒に花を愛してくれる人だと思った。

ある日彼は、少女が好きだと言った花を株分けしてあげることにした。

少女は、「大切に、最後まで育てるね」とえくぼを作って喜んだ。つられて彼も笑顔になった。

そんな矢先、少女は大切な話があると神妙な面持ちでフラワーボーイを自宅近くの公園に呼び出した。いくら愚鈍なフラワーボーイも、これはそういうことなのだと悟った。なにか大切な話、きっとそういう話。ならば自分も気持ちを伝えてみようと彼は決意した。この人なら、ずっと一緒にいてくれるかもしれない。

「「あのっ」」

公園のベンチで、互いの声がぶつかり合う。彼が先に口を開こうとしたとき、少女が先を越して言葉を紡いだ。

「ねえ、神様って信じる?」

フラワーボーイは突然の問いかけに動揺した。

「あなたが愛する花は、神が生み出したものなの。だから、ね、その創造主に忠誠を誓うことで、もっと素敵な人生と来世を送ることができるようになるの」

少女はなにかに取り憑かれたように、聞いたことのない名の神について語りはじめた。少女はその宗教の熱心な信者だった。

花を見ているときよりもずっと目を輝かせている。ひとしきり話し続け、少女は恍惚とした表情でフラワーボーイの手をぎゅっと握り「一目見たときから、あなたは神に招かれていると感じたの」と告げた。

「だから一緒に教会に行かない？」

このことは、フラワーボーイの心を完全に打ち砕いた。自分のことを受け入れてくれる人がいるかもしれないという希望の光は、彼の錯覚にすぎなかった。それだけではない——花は神が作ったものではないのだ。

「僕がいるから花たちは存在できて、僕も花たちがいるから存在できるんだ。あの子は大きな勘違いをしている」

彼の愛は憎悪へと変わった。

「やっぱり理解してくれるのは、君たちだけでいいんだ。愚かだったよ。花を利用するやつのことは許してはおけない」

深夜三時すぎ、フラワーボーイは少女が住む一軒家の庭にそっと降り立つ。庭には少女の両親が育てた花々が咲き誇っていた。その横に、彼が株分けした花がぽつんと咲いていた。

「可哀想に。花を利用するような人間のそばで生き地獄を味わう前に、僕が救い出してあげるからね」

彼は手提げからゴソゴソとなにかの苗を取り出した。土を優しくすくい上げ、頭を撫でるかのようにポンポンとその植物を植えていく。

それはミントの苗だった。ミントは土に植えればもう最後。緩やかに土全体を覆い尽くし、そこに植えてある他の植物の命を奪う。

「君に花を育てる権利はないよ、さようなら」

夜風に吹かれ揺れる小さなミントたちは、手を振っているようだった。


それからというもの、フラワーボーイは喪失感のようなにかを抱いて生活していた。小学校時代のあの事件のときに抱いた感覚にそっくりだった。いくらミントという最悪な手段を駆使して反撃しても、孤独の穴は埋まらない。

眠れぬ夜が続いた。睡眠不足のせいか頭がぼーっとし、つまらない失敗が増えていった。

眠れないまま太陽が登りはじめた朝、水を飲もうと布団から出て冷蔵庫へ向かう途中、一番大切にしていた白い花瓶によろめいてぶつかってしまった。ガシャンと陶器が粉々に砕け散る。よろめいたはずみに、その花の茎を踏みつけ、折ってしまった。

破片が刺さり、水と混じった血液がポタポタと垂れる腕には目もくれず、息絶えた花を見てフラワーボーイは叫んだ。

「あ、あ、僕が、僕が最愛の君を殺してしまったのだ」

寝巻きのまま、フラワーボーイは家を飛び出した。


彼には嫌なことがあると決まって行く場所があった。人気のない森を少し行くと、開けた原っぱのような空間が現れる。そこに寝転び、そよ風に揺られながら空を眺めるのだ。

フラワーボーイは、そこにたどり着くとゆっくりと腰を下ろした。地面に手をつき、そこに生えている草をぎゅっと力強く握りしめる。

「僕のなにがいけないんだろう……」

大粒の涙が彼の目から流れ落ちる。


フラワーボーイは可哀想な青年だ。

他人から見れば一目瞭然の彼の行動の薄気味悪さに、自分自身では気付くことができないからだ。しかし諭してくれる人がいたとしても、彼はそれをいけないことだと理解はできないので、結局不幸なままだろう。

ぶちぶちと草を引きちぎる音が鳴り響く。フラワーボーイは、そこら中の雑草や植物を素手で引き抜き、土が根っこについたまま咳き込みながら食べはじめた。嗚咽と、次々と口に運ばれる植物たちを咀嚼する音がか細く響く。遠くに生えている花たちには、彼のことを止めることはできない。

可愛想な少年。花たちは、もし自分の番になって無造作に千切られたとしても、大人しく死を受け入れると決めた顔でじっと見ていた。

数時間草花を食べ続けた後、フラワーボーイは立ち上がり、焦点の合わない目で空を見た。

「雲が微かに揺れているな……」

下を向くと、地面も揺れていた。

実際には、雲と地面は彼の視界の中だけで揺れ動いていただけだ。自暴自棄になって食べ漁っていた植物の中に、毒草も含まれていたことを青年は知らなかった。この世の毒は、意外に近くにあるものだ。


手を大きく広げ、フラワーボーイは深呼吸をする。

「どうしてだ。呼吸を深くするごとに僕の呼吸に合わせて地面が揺れている」

さらに大きく息を吸い込んで吐いてみた。息を深く吸えば吸うほど、地面の揺れは大きくなるようだった。

「これが地球の、自然の息吹であり鼓動なんだね。そうか、僕、花になれたんだ」

そう言うやいなや、胸元を押さえ少し息苦しいので横になろうと地面に大の字になって寝そべった。

「わかっていたけど、僕はきっとそれを忘れていたんだ。どちらかというと、これが、今僕の目に映るこれが本当の世界なんだね。僕って人間の社会に長くいすぎたけど、やっぱりここが僕の居場所だったんだ」

フラワーボーイは、ひたすらに空を眺め続ける。太陽と雲の流れがいつもよりとても速く感じられる。

「さっきまで真上にあった太陽も、いつの間にか地平線の彼方に消えかかっているよ。夕陽が空を紅に染めようとしている」

寝巻きのまま出てきてしまったからか、少し肌寒い。手をこすり合わせるが指先は痺れ、感覚がなくなっていた。

それでも彼は大地の呼吸を感じ続けた。徐々に視界は暗くなり、夜になっていた。気付けば足の感覚もなくなっていた。うつ伏せのまま起き上がることができない。

「なんでだろう……まぁいいか。僕は花だし。花は動かないもんね」

この異常な状態をすんなりと受け入れるフラワーボーイの死期は確実に迫っていた。

「呼吸が苦しいな。そうか、僕にあるのは手足で、葉っぱじゃないから、そりゃあ呼吸できないよね。太陽も陰っているし、光合成もできないじゃないか」

黄昏時、彼はこれまでの人生を振り返る。

フォロワー数につられ食事に誘ってくる人、花をビジネスにして利用しようと近づいてきた人たち。花のことを全く理解しない頭の固い人間ども。

「人間って本当に愚かだよな。花はこんなにも美しいのに、人間はどうしてこうも醜いのだろう」と、これまでを振り返るたびに息苦しくなる。

「でもそんなことを考えるなんて、やっぱり僕って人間っぽいよね。やっぱり僕は、花になるには不完全な存在だな」

目を開けても暗闇で視界が閉ざされた世界で、フラワーボーイは呟いた。

「来世こそ、花になれたらいいのにな」

そのままフラワーボーイは息絶えた。草木も花も、彼の死など知らずゆるりと風に揺れていた。

彼の死は呆気なかった。哀れにも思えた。人間の世界は、私たち花のように単純ではない、難しい世界なのかもしれない。

私は今まで狂っていて不気味で不器用すぎる彼と関わりたくないと、距離をとって様子を見ていたが、彼の最期、彼の身体が灰になる直前、せめて最後は大好きな花に囲まれて一緒に眠ってほしいと本気で思った。

この文章が燃やされて消されない限り、彼の人生はここに残り続けるだろう。

I am a flower

ザクロ「愚かしさ」……………………3本

オキナグサ「裏切りの恋」……………1本

クロユリ「呪い」………………………2本

チューベローズ「危険な快楽」………1本

スノードロップ「あなたの死を望みます」…2本

スイセン「うぬぼれ」…………………1本

酒に溺れた人魚姫、海の仲間を食い散らかす

The Tale of the Drunken Mermaid
Who Ate Up All Her Friends in the Sea.

私たちの知らない海の奥底には、人魚の住処が存在している。

人間界と同じ、階級制度が整った人魚の世界にも王が君臨し、六人の美しい人魚姫がその世界を彩る。

その中でも末っ子の人魚姫——そうだな、彼女をアリアスと名付けよう——彼女は、他の姫君や人魚よりも突出して美しかった。右に出るものはいないくらい美しいと同時に、賢く大人しい少女であった。


彼女は賢すぎるが故に、黙っておいた方が揉め事を起こさず楽に生きられるということを幼い頃からよく知っていた。

「あんたの尾はしめ鯖のように生臭くて、クソよ」

「シュールストレミングみたいな匂いのあんたよりはマシよ」

そんな姉たちの汚い口喧嘩を嫌というほど聞かされてきたからだ。

最終的に仲直りすることがわかっていながら、一時的な感情に身を任せ罵り合い傷つけ合うことに、一切生産性を見出せなかったのだ。

無害であるアリアスは、父である王からも少々口の悪い姉たちからも好かれていた。物心ついた頃から父は彼女に「お前は大人しくて本当に賢い、自慢の娘だ」と口癖のように褒め称えた。

しかし、アリアスは人一倍賢いが故に、大人しいいい子を演じているだけだ。自分の気持ちを消し去ることが、平和に生きるコツ。でも本当は、姉さんたちのように海を冒険したり、少女漫画のような恋をしたり、嫌なときは嫌だと言える存在になりたかったのかもしれない。

父は、そんなアリアスの気持ちに一ミリも気付くことはなかった。

「素直で優しく大人しいアリアスならいい婿魚がたくさんいるだろう。お前には素晴らしい相手を見つけてやるからな」

父はそう誇らしげに言うのだった。アリアスはそれを聞かされるたびに、作った笑顔の裏で嫌な気持ちになった。

そんなアリアスも十五歳の誕生日を迎えた。

人魚は十五歳になると浅い海、つまり人間の世界にも行くことができるようになる。成人を迎えるのだ。

姉たちからよく人間の世界の面白い話やゴシップネタを聞かされていたアリアスは、まだ見ぬ世界に淡い期待を寄せていた。

かと言って、人間界は危険に満ちているという話も過保護な父親から嫌というほど聞かされていたので、十五歳になって数カ月経った今でも、アリアスはまだ一度もその世界を見ることができていなかった。


今日も反抗期を暴走する姉たちが、地上で見た世界の話をギャハギャハと笑い転げながら話している。

「聞いてよ。湘南でさ、サーフィンやってるメンズがいたんだけど」

「出た、サーフィン！　私たちから見ると人間無理せず地上にいてくれって感じよね」

「そうそう、案の定顔は結構よくて、あのドラマに出てるアイドル似だったんだけど、途中波でずっこけてて一気に萎えたわ」

「そうでしょうね」

アリアスはそのドラマも、人間界のスターの顔も想像すらできない。いい子でいる限り永遠に知ることがないであろうスターの微笑んだ表情を想像するが、辛くなるのですぐに止めた。

姉さんたちのように、自分の感情を素直に吐き出せればいいのだが、血が繋がっているにもかかわらず、アリアスは自分の気持ちを示すということがもはや苦手だった。怖いのだ。頭でその後のことを考えてしまう。理性が彼女の邪魔をするのだった。

そんな中、王が深刻そうな顔でリビングにやって来た。

「今日は、十年に一度といわれる激しい嵐が来る。まだ地上では出回っていない情報だが、すぐそばまで迫っている。今出ている船はもう手遅れだろう」

一気に重々しい空気が部屋を包み込む。人魚姫たちの役割は、この日のためにあるといっても過言ではない。嵐や災害により海に身を投げることになる人間たちの魂を、彼女たちの救済の歌で安らかに救い出してあげることが、彼女たちの仕事なのだ。

浅瀬まで上がれる成人した人魚に課せられる仕事なので、これがアリアスにとって初仕事であった。アリアスはなんとも言えぬ気持ちだった。いまだ見ぬ人間の世界。自分になにができるのだろうか、不安で胸が押し潰されそうだった。

嵐の夜、突風が吹き荒れる中、アリアスは父や姉たちとともに海上へと向かった。真っ暗な海上に灯る明かり。ここに、どうあがいても救うことができない数百の命があるのだと息を飲む。

しかし、船の近くまで来てわかった。突風や雨飛沫にもまるで気付かぬかのように宴をする連中は、姫君たちの心配を大いに裏切って陽気な笑顔だった。人魚たちの知らぬことだが、船上のモニターには自殺を不謹慎にあざ笑う映画が大音量で再生されていた。そう、この船は人生を捨てに来た連中が最後の宴を楽しむために用意されたものだったのだ。

「会いたくて震える相手もいなかった俺らは、消費社会に潰されることなく生き抜いた！」

「ファミレスがこんなに贅沢なんだってことに気付けない大人たちとは違うんだよ！」

連中は生前最後の叫びを海に向かって上げている。アリアスはこれが人間の姿なのか……と絶句した。

ぽかんと口を開けていると、茶色い液体の入った瓶が頭上目掛けて飛んできた。後にアリアスは、それが業務用の安いウイスキーであることを知るのだが。

ふと姉たちを見ると、救済の歌の準備をすべく、ハンドベルをリュックから取り出してリハーサルをしている。これまで戦力外だったアリアスのことなどすっかり忘れているようだった。

アリアスはなにもかも初めての中、どうしていいかわからない緊張でとにかく喉が渇いていた。

人間の飲みものなら、人魚だって飲めるだろう。ぷかぷかと水面に浮かぶ業務用のウイスキーを手に取り、思い切って飲んでみた。

「なに？　一体これは……」

喉が焼けるように熱い、この液体が身体のどの部分を流れているのかがわかるくらいに熱い。その直後、身体中にぽかぽかとしたひだまりのような感覚が駆け巡っていく。次第に気持ちが高揚していくのがわかった。

こんな嵐の中、人間たちがヤケクソになって罵詈雑言を発しているのに、彼女の中では幸せな気持ちが勝っていくのだ。今まで抑え込んできた感情が内側から溢れてくるのを感じた。

「全てが全てクソったれよ」と呟くと、とてつもない爽快感が全身を駆け巡る。これが自由ということなのかと、全細胞が理解したようだった。

すると一人の青年が得体の知れぬ黄金色のキラキラを口から吹きこぼしながら、今にも船から海へと落ちそうな勢いでなにか叫んでいるのに気付いた。

近寄って耳を澄ましてみる。

「俺ってさ、大学行って一人暮らしになって、仕送りだけじゃ全然お金足りないから頑張ってあの娘のために深夜までバイトして、毎回高いアクセサリーとかプレゼントして絶対付き合えるって思って、ゲームとか漫画とか全部売り払って尽くしてきたけど、全部無意味だった。本気で向き合った恋、遊ばれてただけなんて笑っちゃうよな。気付けば友達も周りからいなくなっていて、留年も確定だし、変なところで金借りちゃって毎日ヤバイやつから電話くるし。こんな人生、ゲームみたいにリセットして次のステージに早く行かせてくれよ」

次の瞬間、その青年は手すりを越えて、海へ勢いよく飛び込んだ。


酔っ払ったアリアスは、抑え切れない怒りにすっかり飲まれていた。どんなことがあったとしても、命を粗末にすることは許せない。

「あんた、人生舐めてる?」

アリアスは気絶した青年を抱えて、怒りとアルコールで熱くなった尾を必死に動かした。死なせてやってたまるか、救済を歌ってやるもんかと浜辺まで運び、青年の頬をビンタし最後にこう告げた。

「諦めないでとにかく生きていれば、よかったと思える瞬間は絶対来ると思うから。いつかこの答え合わせを一緒にしよう」

向こう岸から人影が近づいてきたので、気付かれる前に急いで海へと戻った。

城へ戻ったアリアスは、ぐったりと疲れで沈みきった姉たちの前を横切って、まっすぐ自分の布団に潜り込む。ぽかぽかした高揚はすっかり収まっていたが、凄まじい経験、そして出会いが彼女をかき乱していた。

「私、私……もう一度会いたい」

目を閉じても浮かんでくる。思い出すだけで乱れる鼓動。身体は疲れ切っているはずなのに眠れない。

「これが姉さんたちがよく読んでた少女漫画に出てくるドキドキなのかな……」

そう、アリアスは完全に恋に落ちてしまっていた。

「あのでっかい幸せを運んでくれる瓶に……もう一度会いたい」

次の日から、アリアスは城周辺を駆け巡った。もしかしたらどこかにあの幸せを運んでくれる液体の瓶が落ちているかもしれない。見つけ出せるかもしれないという願いを抱いて。

しかし、一日中探しても見つけ出すことはできなかった。次の日も、また次の日も探し続けた。

父や姉たちは、滅多に城から出なかったアリアスが外を元気に散歩していて微笑ましいと、温かく見守ってくれていた。彼女は人間界でいう「酒」を血眼になって探し続けているだけなのに。

アリアスはついに覚悟を決めた。それは人生で初めての自分のための決断だった。それは、人魚の間で忌み嫌われている魔女のもとを訪れるという決断だった。姉たちが以前、魔女の話をしていたのを思い出したのだ。

魔女はなんでも願いを叶えてくれる。ただし、恐ろしい代償が発生するという噂だった。

しかし、恐怖より酒への思いが勝る彼女をもう誰も止めることはできない。

「父さん、ごめんなさい。私、人間になってあの飲みものに会いたい。こんな気持ち初めてなの」


アリアスは夜中、こっそりと城を抜け出した。

しばらく泳ぎ続けていると、いつもの魚たちの気配は少なくなり、水圧がかかり身体がずっしりと重くなった。それでも泳ぐことをやめなかった。

深海の不気味な生物が目をギラつかせながら彷徨う不気味な場所に、魔女の住処はあった。

昆布なのかワカメなのかわからないカーテンを潜り抜け、扉をノックする。

「お入り」という声とともに、扉がギギギッと音を立てて開いた。

そこには、ウネウネと触手を動かしながら錆びれた玉座に座る大王イカのようななにかが鎮座していた。

触手を器用に動かし、テーブルの上に載っている寿司をむしゃむしゃと食べている。食べるなんて想像したこともない海の仲間の皮を剥ぎ、美味しそうに頬張る魔女を見てゾッと鳥肌が立った。

「なんの用だ？」

魔女はしゃがれた声で語りかけてきた。

「あ、あのっ……人間にしてください！」

アリアスはあまりのおぞましさに戦慄し、咄嗟に叫んだ。

「人間？」

魔女は、一度だけ聞き返すとふんと鼻で笑った。

「小娘、人間に恋でもしているというのか」

全部お見通しだと言わんばかりの台詞を吐かれた。アリアスは内心、違うんだよなぁと思いつつ、余計なことは言わないという人生の教訓を生かして頷いた。

「よかろう、もしその相手が他のやつと結ばれると、お前は二度と人魚には戻れない。そのまま泡になって消えてしまうよ」

「わかりました、それでも大丈夫です」

少し間が空いた後、魔女はこう続けた。

「そのとき、海の者たちはお前という存在を、この海のように綺麗さっぱり忘れるだろう」

アリアスは一瞬動揺したが、ぐっと握りしめる拳に力を入れ、深くゆっくりと頷いた。

魔女は寿司を食べる触手を止めると、大釜に魔法の材料を投げ込みはじめた。イカの塩辛、鮭フレーク、アリアスの見たことがない不気味な生きものたちが次々と放り込まれていくのをただじっと眺めた。

触手をパッチンと魔女が鳴らすと青い炎が燃え上がり、怪しげな光がアリアスの喉を包み込む。アリアスはそのまま意識を失った。

目が覚めるとアリアスは浜辺に打ち上げられていた。

ゆっくりと身体を起こすと、尾はなくなっており、代わりに足が生えていることに気付き思わず、喜びの声を上げた。

「私、人間になれたのね」

とりあえず、砂浜に落ちていたボロボロの衣類を拾って身に着けた。

勢いに任せて人間界にやって来たものの、あの夢のような液体が果たしてどこにあるのかは見当もつかない。アリアスは、どうしたものかと海を眺めながら考えた。

打ち上げられたサンゴを蹴りながら歩いて煩悶していると、中年男性が話しかけてきた。

「姉ちゃん、このあたりに詳しいかい？　魚がよくいる場所とか、知ってたりしないかね？」

「あっちの方にいつもたくさん、海の仲間がいるの」

ぼーっとしていたアリアスは、うっかり答えてしまった。男性は陽気に礼だけ言うと、アリアスの指差した方向に颯爽と消えていった。

「まずい、人間は魚を捕まえるために聞いてきたんじゃないの。私、そんなことも考えずに無意識に答えてしまったわ。仲間を売った人魚、最低だ私」

自分の犯した取り返しのつかないミスに、絶望するアリアス。虚無になり、浜辺に正座して、海の仲間へ申し訳ないと、涙を流し謝り続けた。

日が暮れると、先ほどの中年男性が手を振りながら戻ってきた。

「おーい！　姉ちゃん、たくさん釣れたよ！　これ見てよ！」

アリアスは、残酷な現場を見せられる。変わり果てた様子の仲間たちがクーラーボックスいっぱいに横たわっていた。綺麗な鱗をつけた魚は、まだ辛うじて息をしていたが、数秒後にはぐったりと白目を剥いて動かなくなった。

そうとも知らぬ男性は、「ありがとね、今まであんなところに魚がいるって気付かなかったよ。姉ちゃん恩師だよ。お礼に一杯ごちそうさせてよ」と笑顔で話しかけてきた。

正直誰とも一緒にいたい気分ではなかったけど、行き場もない。「一杯」がなにを指しているのかわからないが、とりあえずついて行くことにした。

人の賑わう大衆食堂で、さっと目の前に出てきた黄金色に光るキラキラの飲みもの。これはなんだろうかと訝しんでいると、男性は「ほら、ビール、飲んでよ！」と、アリアスに促した。

促されるままアリアスは、ビールと呼ばれるその黄金色の液体を一口飲んでみた。

たちまち、のどごしという四文字が脳内を支配する。麦の芳醇さと経験したことのない苦味、爽快感。頭の中を支配していたもやを一気に振り払ってくれるほどの気持ちよさ。

「これだわ！　ようやく出会えたじゃない。私が探し求めていたあの感覚に」

アリアスは思わず、残りも一気に飲み干した。

唇にうっすらと残った白い泡を汚れた袖で思いっきり拭うと、周囲からパチパチと拍手の音が聞こえて来た。

「五秒で一気にこの大ジョッキ枯らす子、初めて見たよ！　只者じゃないな、今日は全部御馳走するから好きなだけ注文しな！」

酒を飲むたびにアリアスの罪悪感は消え去っていった。

やわらかな雲の上でお昼寝をしているような心地よさ――既にそのときにはテーブルの上に大量の泡が残ったジョッキと、五本以上の日本酒の大瓶が転がっていた。

「あんたぁ、ザルだね。見ていて気持ちがいいよ」

アリアスが飲み干すたびに、周りの客たちが次々に大声を上げる。一緒に来た男性はとうの昔に酔い潰れて机に突っ伏していたが、周囲は人で溢れていた。

小さなとっくりからいっぱいに注がれる透明の液体は、乾杯の掛け声とお互いの酒が注がれた容器を鳴らす音と同時に一瞬で消えていく。

もはや味もなにもわからない。けれどとにかく楽しかった。気を遣わずに心の底から笑えた瞬間だった。

「これはサービスだよ。お食べ」

飲みっぷりに感動した店主が、アリアスの前に皿を差し出した。

そこには、揚げものとチーズとタルタルソースが挟まったバーガーがドンと載せられていた。揚げたてのいい香りと雲のようにふわふわなバンズ。初めて目にする食べものに普段なら恐怖や不安を抱くところだが、酔いによってアリアスのストッパーは外れ、好奇心が勝っていた。

「ありがとう！　いただきます」

アリアスは大きな口でかぶりついた。バンズを突き抜けて、カリッと音を立てて揚げものが口内を貫く。タルタルソースのまろやかな風味とチーズのしょっぱさ。

「美味しすぎて、ほっぺが痛いわ。こんなの初めて！」

アリアスは頬を押さえた。優しい微笑みで頬張る彼女を、店主や常連たちは満足げに眺めた。

「一体、これはなんなの？」

そう尋ねたアリアスに、店主は満面の笑みで答えた。

「フィッシュバーガーだよ、この地域の郷土料理のようなもんさ」

その一瞬、アリアスの中で時が止まった。

「フィ……フィッシュ、フィッシュ・イズ・サカナ……？」

「そうさ。獲れたての魚の新鮮な白身を贅沢に使ったフィッシュバーガーよ！」

途端にアリアスは泣き出してしまった。

先程までの笑顔とは打って変わった泣き声に、動揺の声がヒソヒソと聞こえてくる。

「お嬢ちゃん、大丈……」

おずおずと声を掛けようとする店主をさえぎり、アリアスは叫んだ。

「魚、初めて食べたけど、美味しすぎて。お酒、もっとください！」


アリアスは、たちまち注がれたビールと交互に、フィッシュバーガーを無心で頬張り続けた。

もう、海の仲間への罪悪感や倫理観などとっくにない。酒によって理性から解放されたアリアスには、美味しいという目の前の欲望しか見えなかった。

「魚の揚げもの、信じられないくらいサクサクなのに、中はふわふわ。美味しい」

なによりビールと呼ばれる酒に合うのがたまらない。ビールを飲めば魚の揚げものが食べたくなり、揚げものを食べればビールが飲みたくなる。もう止まらない。

「私は、もう人魚ではなく人間よ。魚をたらふく食べて、酒を飲むために生まれてきたのかもしれない」

店のみんなと歌いながら、アリアスは悟りを開いたのであった。

「姉ちゃん、漁獲りについて詳しいのか？　よかったら今度一緒に魚獲りに行かないか？　獲れたての魚はうまいぞ〜。手伝ってくれたら酒も御馳走するし、面倒見るからさ」

昼の男が尋ねてきた。ボロボロの服を着ているうえに魚を食べたことがないなんて、行くところもないのだろう。男性はそう思ったのかもしれない。

芋焼酎と呼ばれた液体を飲む直前に、思わぬ勧誘を受けたアリアスは、楽しさと酒に釣られて即答した。

「ぜひ、ご一緒させてください！　私、海には詳しいので！」

どのみち、行くところもないのだ。

その日を境に、アリアスは街一番の海女《あま》になった。

アリアスは魚のいる場所がわかるだけでない、人間になっても昔のように速く泳いで魚を捕まえることができた。

珍しい魚、旬の魚。海に潜っては、新鮮かつイキのいい魚を銛《もり》や素手で捕まえて周囲をびっくりさせた。

魚を捕まえるたびに拍手喝采。街の人たちはまるでアリアスを海の神様のように崇めた。自分から頼まずとも、右向けば酒、左向けば酒。グラスを握っていれば、すぐに誰かがなみなみと酒を注いでくれた。

一度、海の向こうで悲しげな表情を浮かべながらこちらを見つめる姉たちの姿が遠くから見えたような気がした。しかしアリアスは酒をかっくらい、あれは幻だと思考から抹消した。

「今が最高に楽しいの、これが本当の自分。私の人生は私が決めるわ」

アリアスは空になった酒瓶を海に向かって投げ込んだ。ついでに、こんがり焼けて塩も利いて美味しかったアジが刺さっていた串も投げ捨てた。


ある日、浜辺で休憩がてら寝転んでいると、隣にスーツ姿の青年が腰を下ろした。凛々しく芯が通った青年の目つきは、酒でたぬきのようにとろんと垂れ目になっているアリアスとは対照的だった。風が吹くたびに青年の着ているスーツは砂で汚れていく。それでも、険しい表情でじっと海を眺めていた。

アリアスと目が合った青年は一瞬驚いたような表情を浮かべ、下を向いたが、

「すみません、昔海で僕を助けてくれた女性と似ているなと思って」と、アリアスに話しかけてきた。

「僕、昔は本当にダメなやつで。やけくそになり、こんな人生投げ出してやるって酒に逃げて。いっそのこと死んでしまおうと同じことを考えている仲間たちを

集めて、海の上で死ぬ会を開いたんです」
青年は、聞いてもいないのに自分のことを語り出した。アリアスは日頃から誰も聞いていなくてもひたすら話し続ける漁師たちに囲まれているので、こういうシチュエーションには慣れていた。

「酔っ払っていてそのまま気絶しちゃったから、あまり覚えていないんだけど。御伽話でしか見たことがない美しい人魚の女性が僕を助けてくれて、最後にこういったんです。『諦めないでとにかく生きていれば、よかったと思える瞬間は絶対来ると思うから。いつかこの答え合わせを一緒にしよう』。この言葉だけが耳に残っていて、とにかくがむしゃらに諦めずに生きてみようって思えたんです。自分を大切にしようって」

その瞬間、アリアスの記憶が巻き戻されていく。まさか、初めて酒と出会ったあの日の青年だというのか。
青年は、寂しげに微笑んだ。

「僕の夢だったのかな。もう一度、あの子に会いたくて。本当に存在するかわからないけど、海のどこかにいると思って、たまに仕事終わりに来ているんです」

夕陽に照らされた青年の眼差しには、あの嵐の日の暗闇はもうなく、生きる気力に満ち溢れていた。

「あれから就職して素晴らしい職場に出会えました。もう四年目です。定時には帰宅できるし、残業もほとんどない。かけがえのない仲間もできました。大切な彼女も。その報告も兼ねて、今日は来てたんです」

一人語りを続ける彼の薬指には、銀色の指輪がきらりと光っていた。

「いつかあの子に伝えたい。答え合わせ、したいなぁ」

まさか、あの日の青年とこんな形で再会することになるとは、アリアスは予想だにしていなかった。スキットルに入れたウイスキーを、ごくごくと飲んで落ち着きを取り戻す。

「まぁ、よかったじゃない！　めでたいときは酒に限るわ！　はい乾杯！」

アリアスは、浜辺で形のよさそうな貝殻を拾い、海水で砂を流した後、酒を注いで青年に渡した。

「答え合わせなんていらないくらい、きっとあなたの人生は充実したものになると思うわ！」

アリアスが青年に微笑みかけると、青年は一気にウイスキーを飲み干した。

「そう言ってもらえて、なんだか報われた気がしました。あの、突然すぎるかもしれないのですが、明日彼女と結婚式を挙げるので、よかったら来ていただけませんか」

青年はスーツについた砂を手で払い、立ち上がって鞄から白い封筒を差し出した。

「今日ここで、あの日の人魚にどこか似ているあなたに出会えたのは、きっとなにか意味があると思うんです。時間あったら是非！　ご祝儀もいらないので、美味しいご飯でも食べにいく感覚で遊びに来てください」

青年は最後に海に向かって「ありがとう」と叫んで背を向けた。

「美味しいご飯かぁ……明日は丁度休みだし、アリだわ」と、アリアスは初めての結婚式という人間特有のイベントに胸を高鳴らせた。

結婚式に行くんだとアリアスが街に戻り報告すると、漁師の奥様方が「アリちゃんにもお友達いたのね、よかったわぁ」と目を輝かせていた。

「まさか、その服で行こうとしてるの？　それウェットスーツじゃない。流石にそれはまずいわ。おばちゃんのお古だけど、これ着て行きなさい」

そうして差し出されたのは、キラキラとスパンコールが輝く白のミニワンピースだった。

「ありがとう」

人間の優しさに触れて緩む涙腺を抑えながら、アリアスは就寝前にテキーラを三杯だけ飲み、早めに眠りについた。


朝が来た。日差しが海面に反射しきらきらと波打っている。潮風が涼しく気持ちのいい朝だ。

アリアスは白のミニワンピースを身にまとい、鏡の前でくるっと回ってみせた。いつもと違う服を着て、海を眺めながら朝一に飲むレモンサワーは、特別な味に思えた。すっと鼻を抜ける柑橘の香りと、まだ少し眠くて重い瞼をキリッとひらかせる酸味。これから人生初の結婚式に向かうのかと思うと、少し緊張した。

会場には青い景色が広がっていた。海が水平線の彼方まで続き、空と溶け合っていた。

誰もがドレスアップをして、わいわいと話に花を咲かせている。

アリアスの知った顔は一つもなかったが、居心地の悪さを感じるよりむしろ、ふわっと香る魚介類のつまみの匂いと大好きなアルコールのつんとした香りに幸せを感じていた。

入口で配られたシャンパンを一気に飲み干し、黒服に身を包んだ男性が銀色のトレーに載せて配り歩くサーモンのマリネを手に取れば、テンションは最高潮。意気揚々と、愛しの酒が並ぶバーカウンターへ向かう。

シャンディガフ、ジントニック、マティーニ……。

漁師たちのいる居酒屋では見かけない呪文のような名前の酒を眺めていると、舞踏会へ招待されたかのような気持ちになる。

「これとこれと、これお願いします！」

メニューの片っ端から三杯ずつ一気に注文するアリアス。

バーテンダーはまさかと驚きはしたが、すぐさま友人の分もまとめてオーダーしたのだろうと考え直し、気に留めることはしなかった。

会場端っこの小さなテーブルにグラスを置き、幸せな吐息を漏らしながら一気に飲み干していくアリアス。

「こんなにおいしいお酒に出会える結婚式って、なんて幸せなパーティなんだろう！」

水槽の中の熱帯魚たちをグラス越しにうっとりと眺める。

いよいよ挙式が始まると、来場者たちは立ち上がってその様子を見守った。アリアスもお酒を片手にその様子を見守った。既にメニューの端から端まであらゆるアルコールドリンクを飲み干していたアリアスは、慣れないヒールのせいなのか、雰囲気のせいなのか、少しよろついていた。

お酒を飲むと感情が豊かになり、人の幸せが自分の幸せであるかのような共感覚に浸ることができる。

「私にもお酒以上に愛せる相手がいつか現れるのかな、なんて」

感極まったアリアスは、ブランデーを一気に飲み干した。

続けざまにお代わりのブランデーを五杯注文すると、近くのビュッフェで海の幸を皿に盛り付けた。

キラキラ光るサーモンのマリネ、アンチョビのペーストが塗られたタパスに、牡蠣や帆立がごろっと入ったアヒージョ。

普段、下町の漁師に囲まれた生活をしているアリアスにとって、洋食は珍しいものだった。味わったことのないさまざまな味を片っ端から食べ尽くしていく。

サーモンのマリネにフォークを突き立て、口に運びながらアリアスはぼうっと考える。

「お父さんの言うことに従っていれば、お酒じゃなくて、同じ人魚同士であんなふうに愛し合う相手が見つかったのかな」

ふと、エコーのように脳内に響くバイオリンのメロディに混じって声がした。

「あの！　落としましたよ」

アリアスと同じくらいの背丈の男性が、彼女の耳から落ちた真珠のイヤリングを拾い渡した。

「あぁ……すみません……私、気付かなくて……」

どこか曖昧な呂律で謝るアリアスに、彼は「顔色が真っ赤だったので、もしかしたら体調悪いのかなって心配しました。じゃあ、また後で一緒に乾杯でも！」と柔らかい笑顔を向け、軽く会釈をしてそそくさと去っていった。

耳飾りを右手で触りながら「もしかしたら、これも新しい出会いの始まりなのかもしれないわよね。私が選んだこの世界で、がむしゃらに生きていこう」とアリアスは思った。

太陽の光が差し込む海面がゆらゆら揺れる大好きな景色も、もう見ることもできなければ、本当の家族ももういない。時折夜に寂しく思うこともあるけど、いつもお酒が私を温かく包み込んでくれた。

お酒以外にも、諦めないでとにかく生きていれば、よかったと思える瞬間は絶対来る。

湯気が引いたアヒージョを口へ運び、海のミルクと呼ばれる牡蠣の美味しさをあらためて実感する。

「今日も魚は美味しいし、やっぱりお酒のことが愛しくてたまらない」と、残りのブランデーを空にした。

そのとき、牧師が青年と花嫁の間に入り「誓いのキスを」と低い声を響かせた。彼はゆっくりと女性の顔を覆い隠す薄いレースのヴェールをめくる。二人が頬を赤らめながらゆっくりと唇を合わせた途端、アリアスは身体に異変を感じた。鳥肌が止まらない。体温がどんどん下がっていくのがわかった。

アリアスは、後ろの扉から会場を出た。よろめいて、会場を埋め尽くしている魚が静かに泳ぐ水槽にぶつかってしまった。パリンとガラスが割れる音がしたと同時に、水が勢いよく流れ出した。

水を失った魚がパタパタと尾をばたつかせている。

いつかクーラーボックスで見た鱗の綺麗な魚を思い出した。あのときの魚のように、この子たちももうすぐ死んでしまうのかもしれない――その直後、視界がぐっと暗くなり、その場に倒れ込んだ。

なにかを伝えようと口を開いても声にならない。会場の中からは「おめでとう！」という黄色い声と拍手が聞こえてくる。アリアスの激しく脈打つ心臓のバクバクとした音と拍手が重なる。

人影が遠くから近づいてくる。その影はアリアスを飲み込むように段々と大きくなる。

「た、大変だ！　誰か！　女性が泡を吹いて倒れているぞ！」

意識の遠く向こうから誰かの声がした。

調子に乗ってお酒飲みすぎちゃったかな。猛烈に眠い。少しだけここで眠ろうかな。

「本当なんだよ、さっきまでここで女性が泡を吹いて倒れていたんだ」
「なに言ってるんだ、きっとなにかの間違いだろう。自分の仕事に戻れ」

慣れた手つきで黒服の男たちが割れたガラスをかき集める。

「この白いドレス、一体誰のだろうか」

ピチピチと飛び跳ねる魚と泡にまみれた純白のドレスを手に取った瞬間、泡は一斉にしゅわっと弾けて消え去っていった。

溺恋人魚

初恋のウイスキー	40ml
嵐と雷雨	10ml
魚達の怨念	1tsp
儚く弾ける泡	最後に添える

酒に溺れた人魚姫、海の仲間を食い散らかす

くまの
くぅーちゃん

The Tale of the Drunken Mermaid
Who Ate Up All Her Friends in the Sea.

「みなみん、ぼ、僕永遠にみなみん推し誓うからね。また次のライブで」

「はい、お時間です。次の方〜！」


熱気と、鼻をツンとかすめる汗の匂いが立ち込める地下の小さな箱の中で、群がるおじさん中心の集合体。

四列に分かれたその中には、ごく稀に学生と思しき格好をした二人組や、鞄に大量のキーホルダーをぶら下げた女性も交ざっている。

小さな紙を汗で滲ませながら握りしめ並ぶその列の先には、煌びやかな衣装を纏い、くるりと巻かれた髪を左右に揺らしながら愛嬌を振りまく数名の少女たちが、いまかいまかと餌を待つ犬のように並ぶ人に笑顔を向けている。

「今日も来てくれたの、嬉しいな！　待ってたよ」

「なんのポーズで今日はチェキ撮ろうか？」


和気藹々《あいあい》と差し障りのない会話が飛び交う湿った空間。

ポニーテールを結うレースのリボンを靡かせ、水色主体の衣装に身を包む少女の名はみなみ。一部ファンの間では「みなみん」と呼ばれているようだ。

そう、彼女たちはいわゆる地下アイドルをしていて、この列に並んでいる人たちは彼女たちのファンである。

「みなみん、今日はこのアニメのポーズで一緒にチェキ撮りたいな。ちょっとこっち側来て」

あぶらで輝く頭皮に、薄汚れた半袖を着た男が手招きする。その男は、みなみが足を踏み出した瞬間、足を引っ掛けた。明らかに故意だった。

「危ない！　みなみんはおっちょこちょいだなぁ」

男は咄嗟に掴んだ風を装い、みなみの腕を一瞬だけ掴むと、隣に立つスタッフと思しき男性と目が合い、すぐさま彼女の白く細い腕をパッと離した。

「えへへ、田中さんは優しいね。ドジでごめんねぇ」

申し訳なさそうな表情で謝るみなみは、自分がわざと転ばされたことには気づいていない様子だった。

みなみの属するグループでは、ファンとアイドルが直接触れることはご法度だ。写真を撮るとき、たとえば二人で指を向かい合わせてハートのかたちを一つ作る際にも、その間は少し空けなければならない。

「いつもありがとう！」

油性ペンのキュッとした音が撮りたての写真の上を滑って響く。可愛らしい丸い文字の星印がついたサインを描くと、みなみは男に写真を渡した。

「みなみは、本当真面目だね。天然真面目。推し変しないように僕を捕まえてくれないと困るよ」

首を少し傾げるみなみを見て、男は嫌みったらしい捨て台詞を上から目線で吐き出し別のメンバーの列に並び直した。

みなみは、いい意味でも悪い意味でも鈍感なので、その悪意ある言葉にはなんとも思っていないようだった。


ライブ後の特典会が終了すると、「盛れる」といわれている加工アプリを起動させ、メンバー同士仲良さそうに頬をくっつけた写真を撮るべくシャッターを何回も鳴らす。そして一緒にご飯食べて帰ろうよという話も出ることなく、そっけなく解散した。

決して仲が悪いというわけではないが、あくまでメンバーは仕事仲間だ。距離を詰めすぎず、適切な関係を築こうとみんな内心思っているのかもしれない。

みなみはいつもどおり、レースのリボンを解いて目立たない私服に着替え、電車に乗って帰った。

地下アイドルでそこまで名が知れているというわけでもないので、送り迎えなどはない。でも本当は、どっと疲れが溜まったライブ後は、眠い目を必死に開けている必要のない、座って家まで送ってくれるタクシーに乗って帰りたい。

けれど、今は特典会でのチェキ撮影のバックで生計が成り立っていて、毎月生活するので精一杯だ。

「こういう時期をみんな乗り越えているのだから、今は我慢どきだね」と今日も自分に言い聞かせて、酔っ払ったサラリーマンを避けつつ、重い荷物を抱えたまま立って電車が最寄りの駅に到着するのを待った。

みなみは一人暮らしで、駅から少し離れた二階建てのアパートに住んでいる。

駅から少し離れた方が家賃も安いし、なにより心の拠り所でもある愛猫と一緒に住める家がそこしかなかったのだ。

猫の名前は、「ぽっけ」。保護猫で子猫のときから育てている女の子だ。

「今日は、チェキ撮影の報酬がいつもより多そうだから、ぽっけにもお留守番のご褒美買って帰ろう」

みなみは最寄りのスーパーで「猫が夢中！」と謳われたおやつをかごにサッと入れ、自分の夕飯用に半額になった炒飯とルイボスティーをレジに持って行った。

いつもどおり、昔からずっと憧れて追い続けているアイドルグループの曲を、大きめの音量でイヤホンから流しながら鼻歌を歌って夜道を歩く。サビに入ろうとした瞬間、急に曲が止まり音が切り替わった。みなみは、「わっ」と小さく驚いた声を出した。画面を覗くと、着信の通知が鳴り続けている。電話をかけてきた相手はみなみの母親だった。

「お母さん？　今帰り道！　さっきライブ終わったの」

単身赴任の父親が帰ってくるのが月に数回程度なので、彼女の母親は、一人の家で過ごすのが寂しいのかよく電話をかけてきた。

「もう着くから！　じゃあね。大丈夫だって、ここら辺は治安そんなに悪くないから。わかった、イヤホンは外します。おやすみなさい」

そう言って、みなみは一方的に電話を切り、イヤホンを耳から外した。

「お母さんは心配性だなぁ」

コードを束ねないと鞄の中で絡まって面倒なことになるのがわかっていながらも、疲れが優先しぐちゃっと鞄の中に突っ込んだ。夜道をイヤホンをつけて歩いていると危ないという母親の忠告を素直に受け入れたようだ。

家に着くと、暗闇からにゃあとぽっけがみなみの足元にすり寄ってきた。

「ごめんねぇ、ご飯、今あげるからね」

スーパーの袋をどさっと床に置いて、猫撫で声で猫の名前を呼ぶ。ウェットタイプの餌を出してあげると、ぽっけは鳴き止んだ。

「あ、また落としてる。ぽっけちゃんはいたずらっこだな」

静寂の中独り言を呟き、床に落ちて横たわったくまのぬいぐるみを抱き起こす。

「くぅーちゃんをあんまりいじめないでね」

ぬいぐるみについたほこりを払って枕元にそっと置く。首元についた赤いリボンもきゅっときつく結び直した。

くぅーと名付けられたくまのぬいぐるみ。アニメのキャラクターのように黒い瞳をくりくりと輝かせている。誰も一度はどこかで見たことがあるような、至って普通のテディベアだ。

なかなか会えない父親が、海外出張のお土産にくれたこのくまのぬいぐるみは、みなみにとって昔からの宝物であり唯一の友達。毎晩抱きかかえて寝ると落ち着くのだとみなみは言った。

アイドルの世界はなかなか闇が深いこともみなみは知っていた。合同ライブで仲良くなった子に心を開きすぎると掲示板に暴露されたり、証拠もない告げ口が原因で納得のいかない卒業をしていくアイドルをたくさん見てきた。

いくら鈍感なみなみとはいえ、しっかりと線引きをして自分のことはあまり話さないようにしていた。でもたまにとても孤独を感じることがあるのと、心を許してなんでも話せる友達がいないことを寂しく思う日もあるようだった。そんなときは、くまのぬいぐるみをぎゅっと抱きしめ、その寂しさを紛らわした。

昔から、アイドルになりたい！　と夢を語り続け、フリルとパステルカラーが特徴的な可愛い服を着て、両サイドにリボンをつけたステージに立つあの子と同じ髪型をして登校していた。そのせいで、年齢を重ねるごとにみなみは周囲から少し浮いていった。

「あいつ、ナルシストみたいでキモい」

好意を寄せていた男の子が陰でそう言っていたのを聞いてしまったときには、静かにトイレで泣いた。そんなみなみの相談相手は、いつもくぅーだった。どんな話もくぅーは目を逸らすことなく聞いてくれた。みなみの心の拠り所だった。

高校卒業と同時にアイドル活動に乗り出し、世間体を気にして入った私立大学での学業と両立しながら、一人暮らしを始めて半年近くが経った。

引越しのとき、少しでも安く済ませたいと最小限の段ボール箱に荷物を詰めて、あとはリュックやら手提げやらスーツケースにありったけの荷物を詰めて移動した。その際、親友であるくぅーを落としてしまったことがあった。

幸いにも、たまたま後ろを歩いていた人が「落としましたよ」と小走りで追いかけてきてくれたので、失くさずに済んだ。

大好きな父親からもらった唯一の友達のぬいぐるみを落とし、もしかするとゴミ捨て場行きになってしまったかもしれないと思うと、みなみの心は痛んだ。

それ以降、くぅーが寂しげに床に落っこちている姿を見ると、胸がぎゅっと締め付けられる感覚に襲われるようになった。


炒飯を半分だけ食べて、片付けもしないままスマホをいじってそのままみなみは深い眠りに落ちた。

よほど疲れていたのだろう。足元でぽっけもゴロゴロと喉を鳴らしながら小さな身体を丸めている。

『やれやれ、またメイク落とさずに寝て。次の日慌てる姿が思い浮かぶョ……』

くぅーは、まるで保護者のように心の中で呟いた。

——僕は、彼女の一番の理解者。誰よりもそばで彼女のことを支えている（つもり）。動くことも話すこともなにもできないけれど、彼女に愛を与えることは可能だ。言葉はなくても愛は存在するんだって、どこかの誰かが言っていた気がする。

くぅーは、今日も暗闇で彼女の寝顔をじっと眺める。

『君はきっとトップアイドルになれるヨ。絶対ニネ』

彼女の願いが叶いますようにと、くぅーは毎晩星に願うのだった。


ぬいぐるみには、不思議な力が宿っているといわれる。くぅーもそのうちの一つかもしれない。彼女の「トップアイドルになりたい」という願いはすぐに叶えられるものじゃないけれど、些細な願いならくぅーが祈れば不思議なことに、すぐに叶うことが多かった。

少しは彼女の支えとして役に立っているだろうか。

『ゆっくりおやすみネ』と、今日もつぶらな黒い瞳で平和に感謝した。

朝になった。

お昼近くまで眠っているみなみの足をぽっけが噛む。「いい加減起きて」と言っているようだ。眠たい目をこすってゆっくりと起き上がる。

昨日落とし忘れたマスカラとアイシャドウのきらきらとしたラメが、みなみの手の甲についた。

「やっちゃったかぁぁ〜」

悲痛な叫びが部屋に響き渡る。

「またメイク落とさずに寝ちゃったよ、少し目を閉じただけなのに」

洗面所へ向かい、水色のヘアバンドで髪をまとめ、ドラッグストアで買ったばかりの洗顔料で昨日のメイクを落としていく。

朝起きると、まずSNSを開く。昨日の夜投稿した写真にどのくらいの「いいね」がついているかをチェックするのが習慣だった。

精神的にはよくないし、いいねの数で心かき乱されたくはないが、今の時代はネットから有名になるケースが多いので必要なことだと自分に言い聞かせている。

ファンからのコメントに励まされることもあるのだから。

「えええ、結構自分的には盛れたと思ったんだけどなぁ。やっぱり私、みんなみたいに目が大きかったり涙袋がぷっくりしていたり、そういうわけじゃないから仕方ないよな」

いいねの数がいつもより少ないのを確認し、みなみは落胆している様子だった。

そんな彼女の様子を布団の上からくぅーは見つめる。

『みなみの魅力は顔だけに収まらないんだヨ。努力家なところ、僻まないところ、人を素直に尊敬できるところ。全てが素敵なんだヨ』

みなみに届いていないとわかっていても、結ばれた口から彼女へのエールを必死に送った。

すると突然、その投稿にいいねや返信が増えはじめた。

不思議だった。みなみは、「なんだぁ〜みんな夜は投稿見てなかったのかな」と安堵した様子で笑顔を取り戻した。

「今日もダンスの練習しよっ。Bメロの振り付け、どうしても上手くできないんだよなぁ」

そう独り言を残すと、みなみは軽い足取りで朝風呂に向かった。

『ホラネ。僕にはこういうちょっと不思議な力があるんだヨ』

くぅーは、ぽっけにくわえられ、どすっと床に落ちた。


彼女の家には定期的に宅配が届いた。

それは、みなみが他のメンバーにすすめられてＳＮＳに投稿したネットショップの「欲しいものリスト」のおかげだった。

それを見た人が彼女の欲しいものを匿名で送ることができるというシステムで、実際にそれを届けてくれるファンがいるのだ。

くぅーは、いくら匿名だといっても、何市に住んでいるかなど大まかな住所は自動的に表示されてしまうことを知っていたので、一切不安を抱かないみなみを心配していた。

『くぅー、心配ダナ。僕は君の身になにか起きても動けない。祈ることしかできないカラ』


あるオフの日の夜、自分の生誕祭のMCの文章を考えるためにみなみがメモにペンを走らせていると、付けっぱなしにしていたテレビでピザのCMが流れた。チーズが生地の上にとろけ、さらにサラミやピーマンなどピザを代表する具材がたっぷりと載っている。

ぐぅぅぅっとお腹の音が鳴ると同時に、みなみは時計を見上げた。時計の針は二十三時を指していた。

「もう、こんな時間かぁ。でも……流石にこの時間に夕飯食べるのは太っちゃうからやめておこ」

画面越しに流れるピザの誘惑をぐっと下唇を噛み締め我慢している様子だった。

『偉いネ、えらい。そんな君に幸せが届くように願ってあげるヨ』

くぅーはそう星に願った。

くぅーは、自分がみなみにとことん甘いのは、彼女のためにはよくないということもわかっていたが、みなみに精一杯尽くすと決めていた。


次の日、顔馴染みとなりつつある宅配のお兄さんが荷物を届けにやってきた。

「なんだろう……なにか頼んだっけな」

みなみは、もしかしてファンからの支援物資かもしれないと胸を高鳴らせた。

中には、リストに入れていた薬局で売られている人気のシャンプーと、もう一つ別の段ボールには冷凍のピザが入っていた。たまに、欲しいもののリストに載せているもの以外のものがおまけで送られてくることがある。

他のメンバーが、欲しいもののリストの品と一緒になにか追加して送ることもできるみたいだよと言っていたので、恐れることもなく感謝して受け取った。

「そういえば、昨日ピザ食べるの我慢したし、ちょうどラッキー。ありがとう、誰かさん」

みなみは感謝の気持ちを示すと、ピザを早速解凍してお昼に食べた。トマトソースとチーズがたっぷりと載った、みなみが一番好きなマルゲリータだった。

幸せそうに食べている彼女を、ぽっけとくぅーは黙って見守った。


今日は、待ちに待ったアイドルとして二回目のみなみの生誕祭だ。

この日のために、みなみはたくさんの努力をしてきた。MCの文章は何度も書き直し、鉛筆の芯の色で右手が真っ黒だった。当日メンバーにつけてもらうお揃いの髪飾りは、材料から探して一つずつ手作りした。ファンの人が盛り上がれるように考えた合いの手の言葉。全てにみなみなりの愛がこもっていた。

くぅーもその様子をずっとそばで見ていた。誰よりも彼女の努力を知っている。みなみが家から出るとき『上手くいきますように』と、くぅーは青空に願った。

家を出るギリギリまでみなみは、最後に読み上げる手紙の暗唱をしていた。一番の感謝を伝える瞬間は、手紙ではなくみんなの顔をしっかりと見ながら話したいという、みなみなりの誠意だった。

踵を潰して少しよれたスニーカーを履いて、みなみは家を飛び出た。内側から鍵がガチャリと音を立ててくるりと回る。

くぅーはみなみが忘れものをしていないことを確認し、安心した様子だった。もし忘れてしまったとしても、くぅーが祈れば事態は何事もなかったかのように解決されるのだが、甘やかしすぎはみなみの成長につながらないとも思っていた。

会場に到着すると、メンバーたちがおめでとうと出迎えてくれた。そして緊張の色を隠しきれないみなみを見て「リラックスしよ！」と温かいお茶を渡してくれた。こうして思いやりのあるいい距離感を保ったメンバーに、みなみはいつも感謝していた。

みなみは緊張すると、くぅーと戯れるぽっけの待受を見て落ち着きを取り戻す。これは、ルーティーンとなりつつあった。

しかし、画面を見た瞬間、ふっとなにかを思い出したかのように顔を上げた。不吉な予感が胸をよぎる。

「やばい、私、窓閉め忘れた。間違いない、絶対だ」

貧血を起こしたかのようにみるみる顔が青ざめていく。時間は刻一刻と迫り、フリーズしたみなみを置いて秒針は刻まれていく。公演開始まで残り十五分。夜風が気持ちいいと、気分転換に窓を昨夜から開けっ放しにしていたことを思い出したのだった。

ぽっけはいつも昼間はのんびりと、外を飛ぶ鳥を窓からじっと見つめている。鳥を追ってぽっけが逃げ出してしまう恐れもある。鳥を追いかけて遠くまで行ってしまったら？　外の世界を知らないぽっけは、車に轢かれて事故に遭う可能性だってある。家に再び戻ってこられなくなるかもしれないのだ。

一度悪いことを考えてしまうと、次々と嫌な予感が頭の中を占領していく。頑張って覚えた歌やダンスを上書きするように、不安と焦燥感が彼女を支配した。

それでも彼女はアイドルだ。ライブ中も頭からぽっけのことが離れなかったが、笑顔でいようと自分に言い聞かせた。途中、気が散ってしまい間違いが目立つところも多々あったが、それ以外は問題なく公演を終えることができた。

しかしみなみは、自分の生誕祭に集まってくれたファンのみんなやメンバーに対して、最低なパフォーマンスになってしまったと悔やんだ。そのまま泣き出したいくらい、自分が嫌になった。

それでもぽっけのことが心配でたまらなく、公演が終わった瞬間に少し体調が悪いからごめんねと、風のように会場を後にした。

メンバーやスタッフたちが、みなみのためにオリジナルの水色のミントクリームたっぷりのケーキを用意して待っていてくれたことは後日知った。


「ただいま、ぽっけ！　おいで、いるよね？」

暗闇で声を発する。焦りで壁の電気のスイッチが上手く押せず、点灯するまでに時間がかかった。すると、いつもどおり「みゃああ」と甲高い鳴き声で、みなみの足元にぽっけがすり寄ってきた。

「はぁ……よかった……」

みなみは安堵すると同時に床にへたりこんだ。買ったばかりの真っ白のスカートが玄関の床に擦れて汚れてしまうことも気にせず、ごめんねとぽっけをぎゅっと抱きしめた。

そのまま窓に一直線に進み、カーテンをめくる。

「あれ、窓が開いてない」

鍵がきっちり閉まっているのを二度見した。

もしかしたら、寝ぼけながら寒いと言って窓を閉めていたのかもしれない。みなみは、「私、本当に馬鹿だな……こんな勘違いで大切な日を台無しにしちゃった」と半泣きになった。

ぽっけは膝に乗っかり、みなみの新品のスカートの上で喉を鳴らし、身体をすりつけながら足踏みをした。すると、黒っぽい足跡が白いスカートにスタンプを押すかのように残った。

「えっ?」

ぽっけを素早く抱き上げて足を見ると、なにかで汚れて真っ黒になっていた。

「これ新品なのに、今日は本当に私ダメだな」

ぽっけを抱きかかえたまま風呂場へ向かった。シャワーの音に、逃げ出そうと扉をガシガシとかじるぽっけの悲痛な叫びが聞こえる。

『みなみはおっちょこちょいだナァ……。困っちゃうヨ。僕がいなかったら、ぽっけは戻ってこなかったかもしれないんダヨ』

くぅーはシャワーの音が聞こえる扉を見つめながら呟いた。

みなみが窓を開けたまま家を出たのは事実だった。ぽっけが外に出ていく前にそのことに気付き、くぅーは空に願ったのだった。

願うとなにが起こっているのかは秘密だ。ぬいぐるみには秘密がたくさんあるんだから。

過程はどうであれ、彼女が笑顔で過ごせることが僕の幸せなんだよ。

それからしばらくの月日が経った。最近は、自撮り写真ではなくショート動画が流行っているようで、みなみはよく小学校の体育の授業で習ったような簡単なダンスを練習していた。

メンバーもみんなそれぞれ個人アカウントを持っていて、コメント欄でお互いのことを言及し合った。

ピンク色がイメージカラーで、まさにツインテールが似合うメンバーから連絡が来たので、なんの用だろうとスマホを手に取る。

「ね、今これが流行ってるみたいなんだけど、一緒にデュエットしない？　みなみん細いし、普段清楚な感じだから、絶対ギャップで受けると思うんだよね〜」

送られてきたリンクを開く。そこには、胸元を強調して腰を振りながら踊る可愛い女の子の姿があった。

みなみは普段から露出や際どい演出は避けてきた。みなみにとってアイドルは、純真無垢で汚れ一つ知らぬ女の子だ。

断ろうと文字を打ちはじめたが、「お願い！　誕生日の貸し、一つ消化で！」

と続けざまにメッセージが送られてきて、あの日のことを考えると断ることができなかった。

――本当は嫌だけど、仕方がない。

後日、恥ずかしさから上手く踊れていない、見るに堪えない動画ができた。慣れない手つきでハートが降ってくるエフェクトなどをつけたり、編集に二時間以上費やしてようやく完成した動画。深いため息をつきながら投稿のボタンを押す。

すると突然、通信エラーと画面に表示された。

「ええ、なんで⁉　ちょっと待って、さっきまで編集してたデータも消えちゃったよ……」

みなみは二時間の努力が水の泡になったことに深く落ち込んだ。

その姿を眺めていたくぅーは、変わらない表情の奥で少し怒っていた。

『みなみの本意ではないことを無理にするのはよくないと思うナ。自分の身体をもっと大切にして。純粋なみなみをファンのみんなは待っているに違いないカラ』

くぅーは夕焼けに染まる赤い空に願ったのだった。

『彼女は僕が守らないといけないネ』


しかし、その日投稿する動画がなくなってしまったみなみが、投げやりになって出したアニメキャラの声真似の動画が偶然にも爆発的人気を得て、みなみのフォロワーの数は瞬く間に増えていった。これがいわゆる、バズるということだろう。

「こんなラッキーなこと……私、未来の幸せ前借りしてたりしないよね？　心配になる」

ぽっけの毛をとかしている間も通知は鳴り止まなかった。

そこから他のメンバーも同じように動画で話題になり、みなみの属するグループはネット上で人気を集めはじめた。インターネットの発信力と拡散力は想像を超えるものだった。

彼女たちの楽曲も話題を呼び、女子高生や中学生がこぞって音源をＳＮＳで使うようになった。

ＳＮＳの画面をスクロールすると、たびたび「ハートな瞳に恋しませんか？」と甘い声で歌う彼女たちの曲がスピーカーを占領するようになった。大手の会社からもＣＤの制作やプロデュースの声がかかりはじめた。ジェットコースターのような速度で、みなみたちのグループは大きな一歩を踏み出そうとしていた。

同じく人気が急上昇していた男子アイドルグループとネットの配信番組に出演することになったのは、みなみたちが注目を集めはじめて一カ月のことだった。

「ヒロヤって、あのドラマにも出てたよね。会えるのやばくない？」

「やばすぎ、目が合ったら絶対好きになっちゃう」

「連絡先とかみんなで聞いちゃう？　マネージャーさんに怒られるかなぁ」

メンバーたちがわいわいと盛り上がる中、男子のアイドルグループには疎いみなみは、彼らのホームページを見ながら相手の顔と名前を覚えるのに必死だった。

いよいよ本番。

加工しなくても顔立ちがはっきりとしていて、一人一人個性も確立されている彼らはトークも上手で、たびたびみなみたちをリードしてくれた。

顔だけでなく、内面もしっかりしているなんて――メンバーは終始黄色い声を上げていた。

みなみは初対面の人と接するとどっと疲れてしまう性分だったので、番組終了後に「ご飯食べながら感想会しようよ～」というメンバーの珍しい誘いも断った。

いつもどおり、電車に揺られる帰り道。運良く、ちょうど目の前の席が空いたので腰を下ろした。

近くに立つ人の膝に大きく膨らんだ荷物がぶつかってしまい「ごめんなさい」と顔を上げると、さっきまで一緒だった男子アイドルグループの一人がつり革に手をかけて、もう片方の手でスマートフォンをいじっていた。

「「あっ」」

お互いの声が被さり合い、数秒時が止まった。

確か名前は……「レン」だったはずだ。少し太めのキリッとした眉に整髪料でふわっとした焦茶色の髪。左目に泣きぼくろがあり、マスクをしていても華やかさが伝わってくる。

先になにか声をかけようとしたら、レンが先に話しかけてきた。

「君、みなみちゃんだよね。さっき収録終わったばかりなのにもう帰ってるの、早いね」

「家の猫が心配で早く帰ろうかなって。ていうか、電車乗るんですね」

「なにその質問、僕だって電車くらい乗るよ。人間だもん」

「車やタクシーで帰るのかなって思ってました」

「そうだね、僕以外はそうかも。僕はなんかお金とかもったいないなって思っちゃってさ。マスクつけていれば外歩いていても意外とバレないし、それに電車に揺られるこの時間嫌いじゃない」

そこからやり取りをしていると、乗り換えの駅に着いた。いつだって相手に興味を持ちはじめたときに、別れがやってくるのはどうしてだろう。

「私ここで乗り換えなので……また、どこかで」

みなみが小走りで電車を降りると「ちょっと待って」と、後ろから声がした。

「連絡先、聞いてもいい？」

以来、みなみとレンは連絡を取り合うようになっていった。

幾度か食事にも行った。半分こして好きを分け合った。二人でレイトショーも見て、感極まって泣きそうになるのをみなみが堪えていると、隣で彼は号泣していた。思わず笑ってしまった。

夏は二人でお祭りに行きたいね、打ち上げ花火も見てその後カラオケ行って思いっきり騒ごう。これってなんだか恋人ごっこしてるみたいだねと笑った。その帰りに初めてキスをした。


アイドルをしながら恋をしていいのか、ファンを裏切っているのではないかと思ったが、みなみのグループには恋愛禁止という規則はなかった。むしろグループの過半数が彼氏持ちだった時期もある。自分は恋愛に寄り道せずに、日々自分磨きを頑張ろうと意志を固めていたが、好きという気持ちに一度気付いてしまうと抑えることはできなかった。秘密にしよう。

初めてレンが家に来る日、みなみは早起きだった。まだ六時だ。

普段なら二度寝をしてしまいすっきりと起きることができないけど、楽しみな日はいつも朝早くに起きてしまう。

恋人が初めて家に遊びに来るというのは、このうえなく緊張するものだ。

「何回も会ってるし、やり取りもしてるのに、なんでこんな緊張するんだろ。アイス食べよ」

気を紛らわすために、昨日の食べかけのバニラアイスをスプーンですくって食べた。枕元に置いてあるくぅーを引き寄せ、ぎゅっと抱きしめる。

「私ね、人生で一番ドキドキしてるかもしれない」

くぅーは自分のもとからみなみが遠ざかっていくようでとても寂しかったが、彼女が幸せならそれでいいと思った。みなみの親友は僕だけ、それだけで十分幸せなことだから。

『でも僕のこと捨てたりしないでネ、そばにずっと居させてネ』

みなみにその声が届くことはなかった。

よれて小汚くも見えるくまのぬいぐるみをレンに見られるのが恥ずかしかったので、みなみはくぅーを押し入れの棚の中に隠すことにした。使われていない布団の埃っぽい匂いが、押し入れからふわっと漏れ出した。

徐々に暗闇がくぅーを支配していく。みなみの姿は見えなくなり、真っ暗になった。

『もうなにも祈らなくてもいいのカナ、寂しいナ』

くぅーの心の声は閉ざされた暗闇に溶けた。

みなみは、やってきたレンに何度も練習した手作りのビーフシチューを振る舞い、小さな画面で一緒に映画を見た。幸せだった。

「そろそろ帰らないと、終電が」

レンは名残惜しそうに立ち上がり、みなみを抱きしめた。みなみもこのまま離れたくはなかったが、お互い仕事もあるので、引き止めはせずに駅まで送ることにした。

薄い部屋着とサンダル姿で部屋を出たみなみに、レンは自分の羽織っている灰色のパーカーを被せた。

「これ貸すから、次会うときに、また」

ふわりと彼の匂いがみなみを優しく包み込む。これがあれば、寂しい夜を過ごさずに済みそうだ。

二人で歩いている途中、一瞬眩い光を感じた。直後に、車が音を立てて通りすぎていった。なんだろう。

駅に着き、レンが改札をくぐって階段を上がっていくのを見届けると、みなみはコンビニで今月発売の雑誌を買って、夜の空気を吸いながら外を歩いた。

夜中の0時を過ぎた街の人影は少ない。壊れかけの電柱が、黄色い光を点滅させながら不規則に光っている。

みなみが電柱を通りすぎたそのとき、どさっと目の前になにかが倒れ込んだ。大柄な男性がカメラを握って倒れ込んでいる。その明るい液晶画面には、みなみとレンが幸せそうに手を繋ぐ写真が小さく映し出されていた。

みなみの理解は追いつかなかった。倒れ込んでいた男性が誰か、見たことはない。ファンでないことは確かだ。

警察を呼ぶべきか、いったいなにが起こっているのかと立ち尽くしていると、水溜りを描くように男の下から赤黒い液体が広がっていった。

「ひゃっ」

みなみは声を上げて後ずさる。

「みなみ」

後ろから名前を呼ぶ声がして反射的に振り向くと、そこにはいつもライブに来ては「永遠にみなみんを推す、守るよ」と熱心な言葉を送ってくるあの男の姿があった。

「私、殺される……」

この倒れている男のようになるのだ。直感でみなみは思った。

足がすくんで動けない。声も出ない。力の入らない手から雑誌の入ったコンビニのレジ袋がすり抜け、地面に落ちた。

「チガウんだ。君が僕を真っ暗なところに閉じ込めるから、様子がわからなくて。だからね、心配になって来たんダヨ。守るって決めたカラ」

男はポケットから黒い機械を取り出し、アンテナを伸ばしてにちゃっと笑った。

「あの日、君がくまのぬいぐるみを落としたときからずっとそばにいたんダヨ、見守って来たんだカラ。ずっとそばにいたカラ、怖くないヨ」

みなみは、幸運が無料ではないことを知った。

君のそばでいつまでも

執着心……………………………………20ml
推しへの愛情 ……………∞(好きなだけ)
折れかけのペンライト…………………1本
穢れなきテディベア ……………………1体
偶像崇拝 ……………………………一生分

深夜のOL牛丼

The Tale of the Drunken Mermaid

Who Ate Up All Her Friends in the Sea.

今日も早番上がりのあの子と交代であたしの出番がやって来る。

大体、時計の針が二十三時を指しはじめたあたりから朝方までを「深夜の牛丼」と呼ぶ。

熱々に炊き上げられた白米の上に、甘塩っぱいタレで炒められた牛肉とタマネギが載せられ、どこか夜の香りが染み付いた牛丼。私もその中の一人だ。

漆のように深い暗闇に対抗して、渦巻く薄汚い性の欲望や、砂糖菓子のように甘い夢を象るピンク色のネオンが灯す繁華街。

黄ばんだ毛布に身を包む占い師の前を、コツコツとハイヒールの力強い音が横切っていく。地面を細いヒールで踏みつけるこの音には、生きることへの欲望と同時に、世界を蹴散らしたいというやるせない思いが込められているようにも感じる。

円状に集まりモラトリアムを謳歌する学生の集団。

「俺、あの一女狙いで行くわ、ノリで持ち帰れそうな気がする」

「あの子なら、簡単にいけそうな気がするよな。勝ち確ならワンチャンあるんじゃね？」

集団から少し離れた位置にいる男子学生二人組が、陰で気持ち悪い笑みを浮かべている。

安物のスーツを着崩してフラフラと部下に大声で痛々しい俺自慢をしながら歩いているサラリーマンは、「俺の行きつけの店、最近可愛い子が入ったんだ、お前らも俺見習ってついて来いよな」とまくしたてている。目の下にクマを作り、今にも帰りたそうな部下たちの表情などおかまいなしだ。

様々な人々の思いが混じり合う、湿った場所。誰もが日頃の疲れやストレス、欲望を、呪うように吐き出している。

私は器の隙間からそれをじっと眺めている。


たびたび私に会いに来る、ブロンドに染めた髪を綺麗に巻いたあの娘。その日はスカートの裾のレースがふわりと揺れるワンピースを着ていた。

今まで見たことがないそのワンピースは、新調したものに違いない。

中央に大きなリボンがほどこされた光沢ある黒のカチューシャを頭に乗せ、革製のピンク色のリュックを背負っている。キラキラと光るスタッズのように目を輝かせ、膨らんだ財布を抱きしめている。

あの娘は今日も、笑顔の裏側に偽りを敷き詰めたあの男に会いに行くのだろう。片や私は今日も、年季が入って薄汚れたキッチンで、安っぽいノイズ混じりの恋愛ソングを聞かされながら製造される。


人間たちの仕事は、心は満たされなくてもそれなりの代償がお金として支払われる。

なのに私の価値は、いくら尽くしたとて二五〇円から変わることはない。箸でぐちゃぐちゃにかき混ぜられた挙句に残されても。息ができないほどの紅生姜で埋め尽くされても。私の価値は二五〇円のまま。消費され、また製造されを繰り返す。

たとえ、私がいなくなっても「あ、そうなんだ。じゃあチーズ盛りの牛丼をお願いします」とすぐに代わりが選ばれる。「俺はあのシンプルな牛丼が食べたかったのに……！」と悔しがられることもない。


特選チーズ牛丼やスタミナ風牛丼。あたしと中身は一緒なのに、人気アニメの器に入っているだけで鼻を高くしている牛丼たち。

次々登場する後から入ってきた子たちはどんどん売れていって、人気になって、ニュースに取り上げられてちやほやされる。高価だろうと愛される。

設立当初からいた私の値段は二五〇円のままなのに、あの子たちだけ価値を高くつけられる。二番煎じのくせに、なんて言っても醜いだけ。

あぁ……羨ましい。私もこんな風に愛されたい――なんて思っても惨めで疲れるだけだから、なにも考えずに生きることを選んだ。

深夜に私を変わらず指名して、少しばかりの愛を与えてくれるお客さんは、孤独を背負った人が多かった。もしくは、本当は他の子たちがいいのに品切れや準備中で仕方なく私を選んだ人たち。

残業帰り、今日も上司に「お前は使えない人間なんだから、給料貰っている時点で不満を抱くことが間違ってるんだぞ」と罵られ、明日の仕事に行くことがこのうえなく億劫なサラリーマン。

舞台俳優になる夢を描いて30代半ば、何者にもなれずに貯金も底を尽きはじめ、人生に苦しみと理不尽を抱きながら、これから夜勤に向かわねばならない若い男性。事情は様々だ。

そんな鬱憤を背負った人たちが溜め込んだ無数のため息と引き換えに、私は飲み込まれてきた。

私は昼間のチーズ牛丼みたいに、子供たちに「わ〜！　チーズ牛丼！　食べたかった！」と、笑顔で迎えられることはない。

妥協して私を選んだ人の大半は、大量のタバスコをかけたり思い出に残らないような食べ方をして終わりだ。

それでも食べ切ってもらえるだけまだマシだった。

飲み会帰りでなんとなく、ちょっと小腹空いたから牛丼でも食べようかって来た男女。

実際は、飲み会で唐揚げやポテトをたくさん食べてお腹いっぱいなのに、電車でさようならと手を振るのが名残惜しくて、無理やり理由をつけて私を注文する。もちろん、お腹いっぱいだから残されてしまう。

終電を逃した二人は、腕を組んで「ホテル行こっか？」と、店を出る。それと同時に、やる気のないアルバイトの手によって、私は無機質なゴミ箱の奥底にドンと鈍い音を立てて捨てられる。

そのたびに心が一ミリ、また一ミリと、と削られて死んでいく。私はホテルに行くための踏み台でも道具でもない。美味しく笑顔で食べてもらえれば、それだけでいいのに。

人間だったら、私は絶対ヘビースモーカーになるだろう。あの娘と同じ銘柄のタバコなんかを吸ってみようか。今みたいに逃げ道が用意されていない人生なんて、来世はごめんよ。

でもね、そんな私でも製造されてよかったって思うこともある。

あの綺麗に髪を巻いたあの娘との出会いは、ちょうど一年半前。少し肌寒く、アスファルトに響く雨音が鬱陶しい日だった。

「ホスト辞めたら一緒になろう。でも今は独立するための資金が必要だから、すぐには無理だけど、君を愛しているよ」

そう言ってくれた夜の街で輝く大好きなあの人に、今月も一位を取ってほしくて、身も心も殺しながら見知らぬ土地に稼ぎに行くあの娘は、定期的に私のもとへやって来るようになった。

決して肉とご飯を一緒に食べず、別々に箸でつまんで食べるのが印象的な娘だ。

来るたびに可愛さが増すのは、注射の針やメスが襲う鈍い痛みを何度も一人で耐えてきたからだろうか。

いつの間にかぱっちりとした二重になり、潤いがちな黒目がはっきり見えるようになった。鼻は小さく細く、ツンと上を向くようになった。


画面を閉じても、メッセージが届いていないか確認するために、すぐにスマホを開くあの娘。これを数回繰り返した後、写真フォルダを開いて見つめる先の画面にはいつも同じ写真があった。

黒く磨かれたテーブルの上に、独特な形をしたボトルが並んでいる。ラーセン、カミュ、ルイ13世と呼ばれるブランデーたち。その向こう側には、仲睦まじそうに笑うあの娘と一人の男の姿。いつもこの写真を愛おしそうに眺めていた。

食べられている私にまで幸せな感情が伝わってくるのがよくわかった。

私に特別できることはなにもないから、稼ぐことで彼の手助けをしたいのと、喉を伝っていくときに声が聞こえた気がした。

あの娘は米一粒も残さない。大切に一口一口味わって最後まで食べてくれる。

だから私はあの娘が好きだった。

しかし、次に来たのは暫く時間が過ぎてからだった。コンシーラーでも隠しきれていない目の下のクマに、痩せこけた頬、骨だけで構成されているのではとぎょっとしてしまうほど細い身体。いつも大切そうにつけていた、おそらく彼とお揃いのごつごつしたシルバーリングは付けていなかった。

あの娘は彼と二人で夢の国でふざけて撮った写真を見て泣いていた。

「やっぱり、愛されるなんて最初から無理だったんだ」

画面にぽたぽたと落ちる涙の量は次第に増えていく。隣に座っていたつなぎ姿の中年男性は、そんなあの娘を見て見ぬ振りをして黙々とカルビ焼き定食を食べていた。

私は声を押し殺して泣く姿を、下から見上げることしかできなかった。

今日は冷めてしまっても残されても、私はあなたを責めないわ。

あの娘は、家でも学校でも居場所を見つけられず、飛び出すように東京に逃げてきた娘。

一人ぼっちで生きてきて、ようやく出会った王子様が彼だったそうだ。見下すことも下心もなく、彼女を受け入れてくれた彼。あの娘が欲したのは、ありのままに自分を認めてくれる友達だったのかもしれない。
男に依存するようになったあの娘は、彼との時間をお金で買うようになった。お金が二人を繋ぐ架け橋だった。
しかし、自分より稼げる女が現れたとたん、扱いの優先順位はみるみる落ちていった。

全てが虚しくて、死のうと心に決めたタイムリミットが近づく深夜二時、あの娘は震える傷だらけの手で箸を握り私を掴む。

「美味しい……」

最後の夕飯にと、なんとなく食べた牛丼が美味しくて「やっぱりこの牛丼の味をもう楽しめないのもったいないから、もう少し生きてみよう」と踏みとどまることを、あの娘が決意したあの日。

確実に、愛というものを感じた気がする。

だから、今日も誰かの生きる希望に少しでもなれるのなら、私は私を殺してでも最後まであなたの胃袋に届くようにと、煙草のような苦い香りがする街でそっと目を覚ます。

丑三つ時

夜の街の匂い	20ml
怪しげに光るピンク色の看板	10ml
つゆだくの牛丼のタレ	30ml
あの子のタバコの香り	1tsp
深夜に流れた嘘くさい恋愛ソング	1回

本当にあったビデオカメラ

The Tale of the Drunken Mermaid
Who Ate Up All Her Friends in the Sea.

ぴちゃり。

水滴が地面に滴る音が鳴り響く。

深夜二時すぎ、人気のないトンネルは夏にもかかわらず少し肌寒かった。

ジーッと、手に持ったビデオカメラの機械音が聞こえてくる。録画しているときに、熱を持った本体がジーッと音を立てるのだ。

石田は、「霊が出るんだぜ」と噂になっている、いわゆる心霊スポットと呼ばれる場所を中心に巡るカメラマンをやっている。


地盤の問題か、このトンネルは今はもう使われていない。

かつてここで大学生くらいの少女が行方不明になったそうだ。サンダルの片方だけが周辺で見つかったということだが、それ以外の手がかりはなく、地元ではこのトンネルの呪いなのではと噂する人もいるようだった。

彼は、黙ってカメラを回し続けた。少し暗かったので、１００円ショップで買った片手で持てる小さなライトを照らしながら奥へと進む。足場は悪く、ぬかるんだ土で時折転びそうになる。ふぅと自分のため息が無意識に漏れた。

深夜、足場の悪い場所での撮影は疲れるものだ。それでも、この静けさと夜の空気が心地いいので、こうして心霊スポットのカメラマンをしているのだと、石田は言う。

そして、その映像には実際に霊が映っていなくても問題はないのだ、と。なぜなら世の中の人々は、そこに人間ではないなにかがいるかもしれないという不気味さを味わうことを楽しんでいるのだというのが彼の持論だ。

しかし本音は、本物の心霊写真を発表した他のカメラマンが、これは合成だのやらせだのと非難を浴びている姿を見て、あまりにもはっきりとしたものが写っているとかえって厄介だと思っていたからかもしれない。


車を三十分程度走らせた場所に、石田の住む家はある。

この街では、不可解な事件が多いので、石田にはぴったりの場所だった。

六階建てのマンションの五〇三号室。朝方になろうとしている時間帯、眠たい目をこすりながら、今日撮ったデータをパソコンに移動させる。

デスクトップには月日と名前が丁寧に入力してあるフォルダが均一に並んでいる。ファイルごとにタグの色分けもされており、几帳面であることがわかる。

連絡用のメッセージアプリのアイコンの右上には、赤く「36」と数字が表示されている。右クリックでそれを開くと会社のグループで、おそらく飲み会のときに撮ったであろうふざけた写真のやり取りがあった。


「くだらない」


溜まった通知を消して、キッチンへ向かった。

彼が誰かとやり取りをしているのを見たことはない。人と関わることを避けて生活しているようだった。

牛乳をレンジで温めている間に、データの転送は終わっていた。

まだ熱いミルクの入ったマグカップを手にして椅子に腰掛ける。もう片方の手でマウスをスライドさせ、移したばかりのデータを大画面に表示した。
彼はレンジからマグカップを取り出し、机に置くまでに必ず熱い一口を飲む習慣を大切にしていたが、今日は例外だった。

「これは見間違いか」

ぴちゃり。
振動で牛乳がマグカップの内側で跳ねて、波打つ音が聞こえた。温まったばかりのミルクに口もつけず、彼はマグカップを机の上に置き、画面に前のめりになった。

「映ることなんて本当にあるんだな……」

彼は興奮気味な声で、恐怖半分、困惑半分の表情をしながら呟いた。

これまで数多くの心霊スポットに足を運んだが、それらしい写真が撮れたことは一度もなかったのに――。

そこには、暗闇のトンネル右端にカメラをまっすぐと見つめる一人の少女の姿がくっきりと映っていった。

普段は冷静な石田が、珍しく取り乱していた。心霊スポットで一番出くわしたくないタイプの柄の悪い集団と鉢合わせたときも冷静だった彼が、ここまで取り乱す様は新鮮だった。


「気味が悪いな、こんなの厄介なだけだ」


しかし、データ自体を削除しようとしても、エラーが出て削除ができない。

ならばと、彼は映像編集アプリに少女が映り込む映像を取り込んだ。初めからなかったことにすべく、一部だけ消し去ればいいと考えたのだろう。それでも何度やっても、なぜか上手く保存できずに元に戻ってしまうのだった。

試行錯誤しながら、石田は静止させた映像を拡大した。

画面の中の少女は、前髪をまっすぐ下ろし、サイドは肩に当たるか当たらないかの長さで、芯の強そうな目つきに、少し上がり気味の口角は心なしか微笑んでいるようにも見える。ノースリーブのロング丈のワンピースの下からはサンダルが少し見えている。左足は裸足で右足だけサンダルを履いているようだった。靄がかっているので色までは明確にはわからないが、整った顔立ちだった。とても幽霊とは思えないくらい、ケロッとした表情で写真の少女は映り込んでいた。ようやくホットミルクに手を伸ばす頃にはすっかり冷めていて、表面に薄い膜ができあがっていた。


その日、石田は眠ることができずにいた。頭の後ろで腕を組みベッドに寄りかかったまま天井をじーっと眺めていた。なにか深く考え事をしているようだ。目を閉じていても、あの少女のことが頭から離れないのだ。

彼は一睡もすることなく朝を迎えた。

時計の針が夜の十二時を回った頃、石田は車を走らせていた。少女が映っていたあのトンネルにまた向かっていたのだ。

昨日と同じようにビデオカメラを回しながらトンネルを徘徊する。スッと息を吸い込み、吐き出すのと同じタイミングであたりに向かって彼は声を発した。

「ここにいるんですか？」

エコーがかかったかのように、声が響き渡る。その後を追うように、ぴちゃりと水滴の落ちる音がこだました。

再び石田は、ビデオカメラの画面に向かって尋ねた。

「ここにいるのか」

すると画面を白い光のようなものがすーっと高速で横切り、ノイズ混じりの声がビデオカメラから聞こえた。

「います！　ここにいる！」

あどけなさと優しさが滲む女の声がした。

「あなたは誰？」

「僕は石田。この街に住んでいる」

声が裏返りそうになるのを抑えて、冷静を装って返事をする。緊張のせいか口の中が渇いていた。数秒の沈黙があった後、白い光が画面に揺れると、ビデオカメラを通じて返事があった。

「私、気付いたらここで死んでたみたいなの。私の名前は雪」

雪と名乗ったその光は、画面の中でゆらゆら揺れた後、警戒を解いたのか人間のかたちを現した。

映像の姿と変わらず、ロング丈のワンピースの少女が映り込んでいた。カメラに向かって手を振って「映ってるのかな?」なんて呟く姿は、世間が思い描く幽霊とは全く様相が違っていた。昨日の映像ではぼんやりとしかわからなかった右足のサンダルは泥に塗れ、赤いストラップが千切れていた。

「私ね、なんで死んでしまったのかわからないの。だからここに残ってその理由を探っているの」

雪は悲しげな表情で言った。細い腕で首元をさすりながら「初めましてなのに、こんな暗い話をしてごめんなさい」と、困った顔で微笑んだ。彼女の首には赤黒くくすんだ跡がくっきりと残っていた。それを見て、石田はごくりと息を呑んだ。

「身体が、納得できるまでは成仏しないぞー!　って言ってるみたいで、ずっと彷徨ってるの」

「よく写真に写り込んだりするの？」

「ここに来る人はほとんどが揶揄したり、自分たちのドキドキな恋を発展させる場所として訪れたりする人ばかりだから、姿を現すことはそうそうしないわ」


その中で、彼だけは特別な気がしたそうだ。どこか懐かしい雰囲気を纏っていて、彼にならこの悩みを打ち明けられると思ったらしい。

その日から、石田は毎日夜の一時半ぴったりにトンネルを訪れるようになった。


霊にもいろいろと苦労があると、ビデオカメラ越しに雪は語った。

まず、オーブを操ったりポルターガイストを起こしたりするには、それなりの練習が必要ということだった。雪はまだ白い光を出すので精一杯らしい。

それから霊は写りが悪すぎるので、そもそもあまりカメラの類を好まないそうだ。死者なので血色も悪いし、皮膚がめくれていたり傷口がただれていたり。どう頑張っても怖くなってしまうことが多い。だから普段から人目の少ない場所にいることが多いとも話してくれた。

「でも、雪さんはあの映像の中で、とても綺麗だったよ」

「それは嘘ね」

「本当さ、また会いたいと思うほどに」

「あなたは人を寄せ付けない冷たい目をしているのに、おかしなことね」

そして雪は冗談だと笑ってみせた。


ただストレートに言葉を紡ぐ石田の率直さは、雪との距離を近づけていった。奥二重の蛇のような鋭い目つきでいつもレンズを覗いていた彼の目つきも少しずつ柔らかくなってきたようでもあった。

出会って一週間が経とうという頃、雪は石田に、家族への思いを打ち明けた。

「私の家族は、私が突然いなくなってから、もう元通りの生活を送れているのかしら。私はここから出られないから、みんなの様子を知ることができないの」

優しい両親のことだから、今も引きずっているに違いない。明るかった家族が暗いまま残りの人生を歩むのは嫌なの——と雪はこぼした。

かさっと音を立て、彼の前に花柄のハンカチがひらりと舞い落ちた。

「できたらこれを、私の家族に渡してもらいたいの」

ふわりと石鹸のような香りがした。これが見えない目の前にいる彼女の匂いなのだろうか。

石田は、雪の願いを喜んで引き受けた。

しかし、突然彼女の家を訪ねてハンカチを差し出しても怪しまれる可能性のほうが大いに高い。静かにハンカチをポストに入れて立ち去るだけにした。

レースのカーテンが揺れる窓の向こうには、白髪も薄くなってきた男性が珈琲を飲みながら新聞を読んでいるのが見えた。きっと、彼女の父親だろう。

「ねえ、家族はみんな元気だった？」

ハンカチを届けた次の日、雪は彼に問いかけた。

「家族か……」

ふいに彼は苦笑した。彼は母親のことを思い出していた。

石田の母親は、雲一つない晴れた昼下がりに首を吊って死んだ。理由はわからない。嬉しそうな表情を浮かべ、宙をふわりと揺れていた。

父親のことはなにもわからない。

父親の名前を出したことが過去に一度だけあったが、その名を聞いた瞬間、母親は今まで見たことがないくらい悲しげな、触れてはいけない扉を開いてしまったかのような表情を浮かべた。彼はそれから二度と、父親について尋ねることはなかった。


すがれるものも頼れる人もなにもなかった母親は、聞いたことのない宗教にのめり込むようになった。それでも母親は彼女なりに精一杯、まだ幼かった石田に愛情を注いでくれていたのを彼は知っていたし、責める気にはならなかった。


「死ぬことは祝福なのかもしれない」

「死んでもいいんだよ」

母親は彼にたびたび囁くようになった。

ある日の放課後、ランドセルを背負って帰ってきた彼に、母親は告げた。

「お前にしかお願いできないことがある。首を絞めてほしいの」

水分を失い枯れた肌、皮と骨しかないくらい痩せた身体。すっかり生気を失っていた母だったが、その目には希望のような光が宿っていた。
母親の首に手を掛けたとき、彼は深い海に落ちていくような、しかしどこか落ち着くような孤独を感じた。
細い首はまだ小学生の石田の手でも覆うことができた。ひゅーっと隙間風のような呼吸の音が喉から漏れる。

「母さんね、このまま死んでもいい？」

掠れた声が聞こえた瞬間、彼はぱっと手を離した。
そこからの記憶はない。そして次の日、母親は首を吊って死んでいたのだった。

「母さん」――彼は、手を伸ばした。

正面を向くと目の前に、細く白い首にくっきりと跡を残し、優しい笑みを浮かべる彼の母親の姿が見えた気がした。

しかしそんなはずもなく、目の前には誰もいない。

ただ同じ位置にビデオカメラ越しに「大丈夫？」と心配そうな表情で彼を覗き込んでいた雪がいた。

彼女の首元の跡に、彼は母親の面影を浮かべたのだろうか。

二人は会話するだけでなく、音楽を流して踊ってみたり歌を歌ったり、なにかを一緒にすることも増えていった。簡易的なプロジェクターを買って、トンネルの凸凹した壁に映画を映したりもした。

カメラ越しの雪はよく笑ったし、悲しそうな顔もよくした。人間である石田よりも喜怒哀楽を示した。

ある夜は、二人で線香花火に火をつけた。

灯ったばかりの二人分の線香花火は、すぐにふっと風が吹いて落ちた。両手が塞がっている彼はカメラに向かって「雪の仕業か?」と問いかける。「ふふっ」とあどけない笑い声が聞こえた。

「雪に触れてみたい」

三本目の線香花火に火を灯したときに石田がそう言うと、彼の頬に手が触れる感触があった。それは冷たく優しく、初めてのものに触れるような、そして愛おしい者に触れるときのような触れ方だった。

彼はすぐに頬に自分の手を添えるが、そこにはなにもなく、自分の頬があるだけだった。線香花火が落ちたときに似た寂しさを少し感じた。

トンネルでの交流は、気づけば三週間を数えた。

彼は雪に飽きることがないようだった。まるで取り憑かれたかのように彼女に尽くしていた。

石田は家でも雪のことばかりを考えているようで、彼女と会っていないときの彼は集中力を欠き、まるで遠足前の子供のようだった。ホットミルクも、すっかり作らなくなっていた。彼女と会っているときだけ、落ち着きを取り戻して微笑んでいた。

石田は彼女の好きなものが全部わかっているかのように、いろんなものを与え続けた。ある日、彼は雪にかすみ草の花束を差し出し、地面の湿っていない部分に花束をそっと置いた。

「死んでしまった人に花を贈っていいものか悩んだけど、雪にはこのかすみ草が似合うと思って」

「かすみ草は私が一番好きな花なの。私は見ることしかできないけどまたこうして好きな花を見ることができて嬉しいわ」

幽霊は涙を流すことはできない。でも画面越しの雪は、今にも泣きそうな顔を手で覆っていた。

「記憶はおぼろげだけど、私の最期はかすみ草の香りに包まれていたような、そんな気がする」

雪はかすかな記憶をたどるように、花束を眺めながら呟いた。

その言葉に、石田の口元が少し歪んだように見えた。

同時に、彼女が映るたびにビデオカメラに入るノイズと画面の歪みは日に日に大きくなっていった。

四週間が経ったあたりから、カメラの電源がなかなか入らなかったりと不具合が多くなった。

別のビデオカメラを起動してみたが、それも上手くいかなかった。今のこのビデオカメラでしか雪との交流は図れないようだった。

バッテリーの持ちはどんどん悪くなり、一緒に過ごせる時間は減っていった。同じ空間にいるはずなのに、生と死の見えない壁が彼らの間を阻んだ。


ついにビデオカメラが数分と持たなくなったある夜、二人は互いになにも言わず座っていた。ぴちゃりと地面に落ちる水滴の音だけが悲しく響いた。

星が空に瞬く綺麗な夜だった。雪は意を決したように声を出した。


「私ね、どのように死んだのか知りたいってずっと思ってた。だけど、あなたと出会えてわかった気がする。こんなこと言いながら、寂しかっただけなのかもしれない。誰にも気づかれずに死んでしまったことが。あなたが隣にいてくれると息苦しく深い闇のような世界で幸せをまた感じることができた」

「やめてくれよ」

彼女が言い切る前に彼は遮った。この後の言葉がなんとなく予想できてしまったからだろう。

「でも、そのカメラがいつ動かなくなってしまうかわからない。だからその前に伝えたくて」

今にも泣き出しそうな声で彼女は続けた。

「あなたと出会えて、もしかしたらあなたと出会うためにこの世に残っていたのかもしれないって思うようになったの。私の身体が納得してくれたみたい。だからそろそろお別れするね。天国で会えたら、手をつなぎたいな」

そう言うや、彼女は今までで一番輝いた笑顔を向けると、ふっと消えた。目の前にあった微かな体温の気配が消え去ったのがわかった。

「そんなの無理に決まってるじゃないか」

取り残された彼は、一人呟いた。

「僕は天国には行けない。行けるとしたら、きっと地獄だよ」


静かな夜を愛する彼は、また一人になった。

今日も六〇〇Wの電子レンジで一分二十秒きっちりとミルクを温める。無地のマグカップは取手が欠けてしまったので透明の少し丸みを帯びたカップに変えたようだった。

いつものようにピーピーと温め完了の音が鳴ると、さっとマグカップを取り出してパソコンが置いてあるデスクの前の椅子に腰掛ける。

「これでようやく全てが終わったんだな」

そう言って石田は熱いミルクを一口すすり、ため息を漏らした。

「これで魂まで完全に隠滅させることができた」

彼はパソコンの青白い画面を眺めながら寂しげに笑った。

「とうとう出てくるとは。もう八年も前の話なのに」

ずらりと並ぶ小さな木箱から取り出したのは、干からびてドライフラワーのようになったかすみ草だった。

「このトンネルは懐かしい香りでいっぱいだった。それにしても、もし他の人の前に現れて犯人捜しなんてされたらまずいし、さすがに焦ったな」


立ち上がり、寝室にある棚から薄茶色に透けるネガフィルムを取り出した。

彼は黄色いライトに透かしながらフィルムを眺める。草木が茂る森の中で少女が横たわっていた。暗闇と彼女の白い肌とワンピースのコントラスト。少女の美しい顔は苦しみで歪んでいた。その奥に、あのトンネルの入り口が見えた。

まさにこの場所で、彼は彼女の首を絞めていた。

酸素を欲して苦痛に満ちた表情を、彼はしっかりと瞼の裏に焼きつけた。細い腕ではふりほどくことはできず、声は徐々にか細くなっていく。愛する人が永遠に自分のものになる征服感。

母を手にかけたあの日から、あの感触が忘れられなくなったのだ。

訝しげな表情をしながら、フィルムをそっと棚に戻す。再び等間隔に並べられた木箱の列を指でなぞり、ふとぴたっと止める。

「次は、この子のところに行こうか」

かつて愛した人の眠る場所で、思い出に浸りながら語りかける時間は、至福の時だ。

石田は雪との思い出が詰まったビデオカメラを床に叩きつけると、新しいビデオカメラを取り出した。

さようならは来世まで

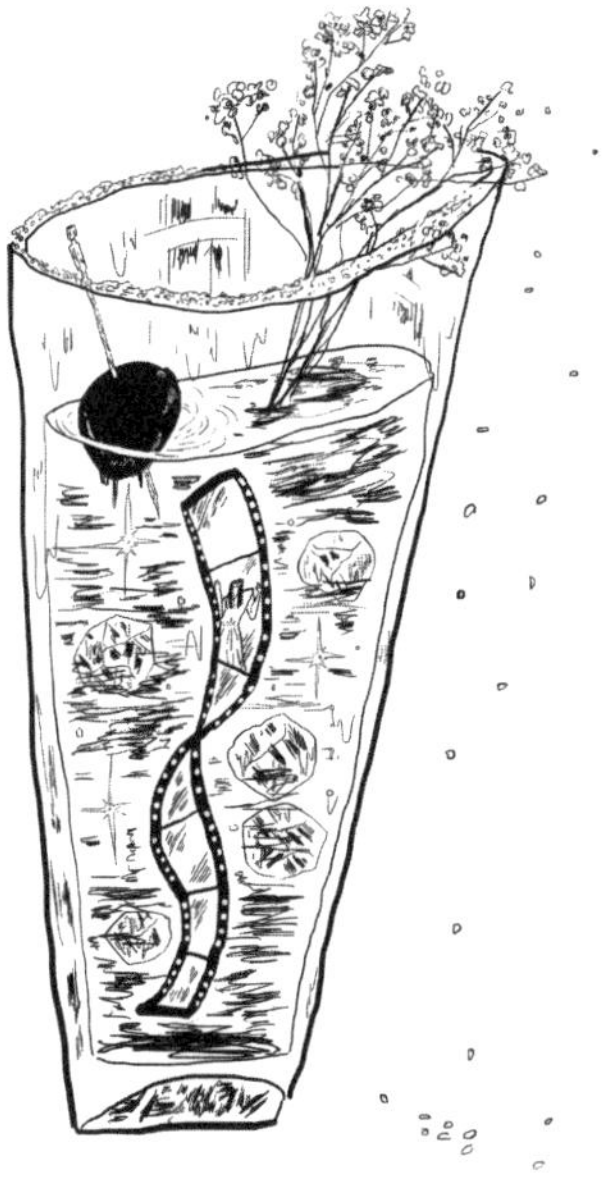

美しい魂の消滅 ……………………30ml
殺意に染まったネガフィルム ………2カット
幸福と感謝のかすみ草 ………………1本
恋の致死量 ……………………………1回分
あの子の幽霊 …………………………1体

あの頃の
クリームソーダ

The Tale of the Drunken Mermaid
Who Ate Up All Her Friends in the Sea.

今日は誰がどんな文章を机の上に広げるのだろうか。

紙をめくる音は目を閉じるだけでも聞こえてくる。

都会からは少し離れた住宅街の間にポツンと建っている昔ながらの喫茶店。

年季の入った木でできたテーブルと椅子。日が差す窓際で、三毛猫がゴロゴロと喉を鳴らしながら眠っている。コーヒーの芳醇な香りと、心地のいい店内の涼しさは、今が夏であるということを忘れさせてくれる。


この季節は僕を求める人が多い。

キンキンに冷えたグラスに注がれる透き通るほど輝かしい青いソーダ、これが僕の全てだ。

自家製のバニラアイスが丸められ、ソーダが注がれた氷の上にちょこんと乗せられる。彼女が僕の上に浮かぶことで、この喫茶店の名物でもあるクリームソーダが完成する。

バニラアイスの彼女は「重いのにいつもごめんなさいね」と少し申し訳なさそうに僕に会釈する。彼女のひんやりとした体温は僕にとっては心地がいい。

冷たいおしぼりで汗を拭き、店内を包み込むレコードから流れるクラシック音楽で落ち着きを取り戻した人々。

レコードの掠れた音は耳に心地よく、外の世界を一気に遮断してくれる。

今までいろんな人を見てきた。

作詞家や、小説やエッセイなどを手掛ける文筆家、単純に暇潰しに読書をしにくる人など、学生の頃には文系を選んできたんだろうなという人が多い。

ある作詞家は、夏の太陽で火照った身体を冷やそうと、熱で曇った眼鏡を外し、クリームソーダを吸い上げた。下を向いたときに目にかかった白髪の前髪をかき上げながら「青春の味だな」と、その場で鉛筆を取り出した。

皺が刻まれた手で鉛筆を握り、「しゅわっと弾けるサイダーの炭酸が空に消える前に、君と青春を過ごしたい」という一節を紙ナプキンに書き殴った。

数カ月後、閉店後の喫茶店で流れるラジオから、名前も知らないアイドルグループがそのフレーズを歌っているのを聞いたことがあったな。

「このクリームソーダは不思議だ。飲めば飲むほど、過ぎ去った青春が再生されていく」

放課後、恋人になるであろう二人が公園でイヤホンを分け合う瞬間や、屋上で夕陽に照らされながら初めて手を繋ぐとき。そんな誰もが一度は思い描くような青春が、実際の経験の有無を問わず、脳裏を掠めるのだそうだ。

「クリームソーダは、私が信じて疑わない美しい青春を見させてくれる。そのたびに歌詞のフレーズがポンッと頭の中に浮かんでくるんだ」

作詞家が、喫茶店のマスターに得意げに話しているのを聞いたことがある。

二人が話し込んでいる間に、じわりとバニラアイスが溶けて、僕の中に一滴流れ込んだ。

溶けて歪んでいくバニラアイス。その姿は果たして美しいと言えるのだろうか。

ある平日の昼すぎ、一人の女性がやって来た。

薄い黄緑色のカーディガンを羽織り後ろで髪をまとめた小綺麗な女性だ。

「クリームソーダ……」

女性は誰にも目も合わさず、小さな声でマスターに告げた。

僕が目の前に出されると、女性は、手提げからボロボロになったノートを取り出した。

大切そうにそのノートを撫でながら、ページをめくっていく。

僕はめくる紙を一緒に眺めた。そこに書かれた文字には、見覚えがあった。あれは、十年以上前の記憶だ。

それは水曜日だった。制服を着た高校生であろう男女が夕方にやって来た。身体のサイズより一回り大きい制服は、まだ新調したばかりなのかもしれない。

「クリームソーダだって、可愛いね。これ頼もうかな」

「じゃあ、僕も」

男の子の方は、喫茶店に慣れていないのか、どこか緊張しているようで、周囲をキョロキョロと見渡していた。


その日以来、二人は決まって水曜日に足を運ぶようになった。

「最近麻里子が告白して、上手くいったから一緒に帰ってくれなくなっちゃったんだよね。嬉しいけど、少し寂しいの。ねえ、好きな子いたりしないの？」

「クラスの子には興味ないよ」

「じゃあ、クラス以外の子は？」

赤く染まっていく男の子の頬から注意を逸らすかのように、二人の前に出ていった僕。案の定、女の子はたちまち目の前のキラキラ光る輝きに釘付けになった。

「毎週飲むこれが、私の生きる一番の喜び」と、嬉しそうに口角を緩めている。

あまりにも嬉しそうな顔をしてはしゃぐ様子に見惚れている男の子。きっと、この男の子は恋をしているんだろう。

スプーンでちょこんとバニラアイスをすくい上げ、口に運ぼうと女の子が顔を近づけた瞬間、ポタッと一滴零れ落ちた。

「あ、ごめん。ノート汚しちゃった」

机にはノートが一冊置いてある。

「次は、あなたの番だからバニラの香り付きだね」と紙ナプキンで拭き取った後、男の子の胸元にノートを差し出した。

そう。それは二人だけの交換日記。

毎週、ここでクリームソーダを飲みながら、このノートを交換するのが定例のようだった。

交換し終えた後は、学校での出来事やテストの順位の話、小説や漫画の話など二人はずっと話し続けていた。水曜日のたびに僕は、早く付き合ってしまえばいいのにと思っていたんだった。

クリームソーダをアイスと一緒に飲み込み、当時少女だった女性は、古びたノートの最後のページをめくる。

少し下手くそな男の子の文字の、最後に書かれた一言——僕はずっと君のことが好きでした。ありがとう。

「いつまで引きずっているんだろう。もう幸せなはずなのに」と、女性は薬指にはめた、小さなダイヤ付きの指輪の位置をずらした。

「私、あのとき怖くてお見舞いに行けなくて、自分の思いを伝えることができなかったこと、まだ後悔してる」

あの男の子は、どこか身体の具合が悪かったのだろうか。

彼女は、溶けかけたバニラアイスをスプーンで思いっきりかき混ぜ、クリームソーダを濁らせた。バニラアイスが溶けたソーダから泡が吹きこぼれそうになる。

それを一気に飲み干し、彼女は店を出た。

何度季節が巡ったのかわからないほど長い間この喫茶店に通い続け、ひりひりするほど繊細な愛を書き続けた彼は、今どうしているのだろうか。

毎週金曜日の夕方、彼は決まって、一番奥のレコードプレーヤーの右隣にある席に腰を下ろしていた。

いつの間にかこの席は、彼の特等席になっていた。彼もまた、毎回クリームソーダを頼むのだった。

そんな彼は、いつも皺一つないポロシャツにベルトをしっかりと締めていた。髪も清潔に整えられていて、一見地味そうに見えたが、黒縁の眼鏡を外すと、切れ長の目と整った鼻の美しさが際立った。月に一度、マスターに焼き菓子の差し入れを持ってくる几帳面な男だった。

来るたび彼は、先の尖った鉛筆を鞄から取り出し、手紙を書いていた。猫のシルエットが上下にプリントされた便箋だった。

ある日の彼の手紙はこうだった。


八月十五日。

今日もコンクリートから伝う熱が、僕を熱中症にしようと企んでいるのではと思うほど熱いですね。

そういえばあの年の丁度同じ日、江の島に行きたいと君が急に言い出すから、なにも持たずに海まで行ったのを覚えていますか。

海だとはしゃぐ君は、磨かれたローファーを無造作に脱ぎ捨て、真っ白な靴下をその中に丸めて入れて、砂浜を駆け抜けていきましたよね。

あまりにもその砂浜が熱すぎて、半泣きになりながら千鳥足で戻って来た君の表情を思い出すと、今もクスッと笑ってしまいます。

暑くて全てが嫌になってしまうような今日も、江の島で笑顔を輝かせたあの日のように、君が元気でいられますように。

また、ある日の彼の手紙はこうだった。

十一月八日。

少しだけ肌寒い季節がやって来ましたね。

上着なしでは外に出られないくらいになりましたが、衣替えが少し面倒くさいです。

十一月といえば、毎年君と過ごした文化祭を思い出します。

二人ともあまり熱心な生徒ではなかったので、毎日日が暮れるまで準備に励むよりも、図書室で読書していた方が好きだという話で意気投合して、仲良くなったのを覚えていますか。二人で段ボールを捨てに行くフリをして、少し埃っぽい倉庫のマットに寝転んで、好きな本について語り合った時間は、かけがえのない宝物です。

あの倉庫は、帰宅部の僕らにとっての部室になりましたね。今も、残っているのでしょうか。

今も本をたくさん読めていますか。

君が大好きな本を読みながら、幸せに過ごせていますように。

一体、この手紙はなんなのか。

便箋に書き記される文章を、毎週僕は眺め続けた。

不思議なことに、便箋がどこかに差し出された様子はなく、彼はそのまま便箋の続きに書いていた。

追伸に「好きです」と書き残すような恋文であれば、全貌を把握できるのだが、彼は愛を伝えるような言葉も書かない。今日もあなたが元気でいられますようにと、相手の幸せを願う言葉だけを書き残す。

ある日彼は、泣きそうな顔で僕のグラスの水滴を拭った。

「真っ青な空の向こうで、君は、笑顔で過ごせているだろうか」

彼はポツリと呟いて、僕のグラスを両手で優しく包み込んだ。

優しい彼の手の温もりを感じ、ごめんねと僕は呟いた。

みんな、僕に無垢なロマンスを投影する。しかし僕は、そのたびに裏切っているような気持ちがして、少し申し訳なくなる。

僕は、ただ爽やかな青を輝かせて過ごしたいわけじゃない。みんなの抱く願いを、幻想を押し付けられても正直困るんだ。

愛はこうあるべきだという理想の押し付けはもううんざりだ。

もう我慢できない、嗚呼《ああ》、今すぐこの青を汚して君をめちゃくちゃに抱きしめて混ざり合いたいという思いが、炭酸の気泡とともにシュワシュワと弾けていく。

もっと人間の根本に潜む醜さや執着を見せてほしい。人間の大半は、私利私欲にまみれた強欲の壺だろう。

純愛が広がるテーブルの上で、今すぐ君をグチャグチャにしたい、愛しい君がいつ溶け出すのだろうかと待ちわびているんだ。

お願いだ、スプーンで彼女を奪わないでくれ。いいからもっと文章に、会話に、没頭してくれよ。

緩やかに溶けるバニラアイスは、一滴一滴と成す術なく僕の中に取り込まれて、甘く甘く溶けていく。

最初は耳たぶが染まるくらい照れているけど、徐々に大胆に溶けはじめる。こうして、内気で恥ずかしがり屋な彼女を独り占めすることが、僕の生きがいなんだ。

バニラアイスがソーダに溶けきって淀んだ色をした生ぬるいグラスを、見て見ぬふりをして、そのまま口を付けずに会計をして外に出る人々。

そのまま黙って帰ってくれ。

僕らの愛し合う時間は誰にも邪魔させない。

炭酸が抜けてドロドロに溶けて、僕らが愛をむき出しにする時間は、僕たちだけのものなんだ。

純愛を好む人々は、こんな濁りきった色に染まったグラスからは目を背けるだろう。

それでいい。それが僕の本望だ。清純を演じる人生の余白に、本当の僕でいられる時間があってもいいだろう?

愛の洪水

ドロドロになった背徳感 ……………… 40ml
空蝉の儚さと憂鬱 ……………………… 2tsp
欲に塗れたないものねだり ………… 1回
執着深い青春 ………………………… 1回
青いソーダと溶けかけた君 ……… 適量で割る

ショートケーキの空襲

The Tale of the Drunken Mermaid
Who Ate Up All Her Friends in the Sea.

クリスマスが近づくと、街中にはイルミネーションが輝き、百貨店のジュエリーコーナーにはカップルや男性が群がる。

鈴がシャンシャンと陽気な音を鳴らすBGMに町の空気は染められ、今が売りどきだと気合を入れる店の賑わいで、四方八方埋め尽くされる。

金の匂いがする季節。

クリスマスは特別だという機運を作り出した誰かのせいで、「自分たちは幸せですよ」と無理に見栄を張る人たちの溢れるこの季節は寒いだけで、私は苦手だ。

家に閉じこもって、喧騒から逃れたい。あわよくばハワイなんかに逃げて冬を越したいとも思うけど、そうもいかない。この時期はバイトの賃金がいつもより上がるからだ。

普段はアルバイト採用の基準が高く、可愛い子しか雇わないお店でも、この時期は忙しいうえに恋人のいる人たちはバイトのシフトを入れないから、短期限定の募集が増えるのだ。

私は、取り繕った笑顔で店頭に立つ。汚れを知らないであろう無垢で真っ白なケーキたちが並ぶウインドウの前で、通りかかる人たちにお金と引き換えにこの無垢を売りつけるのだ。

「白井さんは、綾ちゃんみたいにサンタの衣装着て呼び込みしないの？」

バイトリーダーである四十代で後頭部の髪の毛が貧相な男性に声をかけられる。

「せっかくのクリスマスなのに、せめて気分だけでも幸せ届けるサンタさんにって。ほら白井さんもまだ若いし、きっと似合うと思うんだけどな」

気を遣ってくれているのか、若い子たちがミニスカートを穿いたサンタ姿になるのを見たいのかどっちなのかわからないが、私は裏方でひっそりとケーキを詰めてひっそりとこの日を終えたいという思いしかない。余計なお節介だ。

「私は大丈夫です、こういうの苦手なんで」

「若いのに、もったいないねえ」

そう吐き捨てて、男性は自分の持ち場に戻っていった。遠くから「綾ちゃん、お疲れ様。外寒いでしょ？　おかげさまでケーキばんばん売れてるよ」と、肥え太った指で綾と呼ばれた子の肩にさりげなくふれている姿が見えた。

気持ち悪い。

一刻も早く家に帰りたいが、お金のためには仕方がない。学費払わないと、学校行けなくなっちゃうし。


次々と焼き上がりウインドウに飾られるケーキたちを見ると、荒んだ心も色を取り戻す。クリスマスだから力を入れているのだろうか、いつもより装飾は派手で生クリームが芸術作品のように渦巻いている。

宝石のようにカラフルで美しいフルーツやふわふわなスポンジを眺めていると、あっという間に時間は過ぎ去った。

ケーキは鮮度が重要。その日のうちに食べないと悪くなってしまう。美しいものほど短命で儚いのはどうしてなのか。

ラッキーなことに、余ったケーキたちはバイトの女の子たちで分け合って持ち帰れることになった。むしろ、余ることをずっと心の底で願っていた。

とても一人で食べ切れる量ではないとわかっていながらも、ケーキたちを次々と白い箱に詰め込んでそっと崩れないように持ち帰る。

「お疲れ様でした」

一言残すと、もう二度と会うことはないであろう人たちの顔を記憶の中から消去する。

帰る途中、疲れ切った身体を支えるかのようにふわりと白い雪が降ってきた。私の心を労るように、ふわふわと当たっては一瞬で溶けていく。

「あ、洗濯物早く取り込まないと」と、足を速めた。


疲れ切っているときは、すぐに寝てしまったりかえって食欲がなかったりするとみんな言うけれど、私は別だ。

甘いものを食べることがぽっかりと空いた孤独の心の穴を満たしてくれる。ありとあらゆるものが欠けて穴ぼこだらけの私のことを砂糖がさらさらと補修してくれるのだ。


帰宅して、電気をつけて、冬の気温で冷え切った部屋を暖めようとエアコンをつけた。外の空気をたっぷりと吸った服を洗濯カゴに脱ぎ捨てて、部屋着になる。

大切に守り抜いた箱をゆっくりと開けるとそこには、私の心を照らし続けてくれた美しいケーキたちが顔を覗かせている。

皮の剝かれた和栗の載った黄色いモンブラン。土台はこんがりと焼かれたタルトになっていて、ソフトクリームのように渦巻きになったマロンクリームの間からはカスタードが見え隠れしている。

大人っぽいビターな香りに胸が躍るチョコレートケーキ。生クリーム多めのココアバターが香る茶色いスポンジを包みこむ。金箔がちりばめられたショコラがちょこんと頂上に載っかっている。

何重にも生地とクリームを重ねたミルクレープ。美しく重ねられた断面を見ると、これを作るのに一体どれほどの時間がかかったのだろうと気が遠くなる。

外側はこんがりと焼けたチーズの香ばしい香りが特徴のベイクドチーズケーキ。ねっとりと濃いチーズクリームが重量感を出している。

隣にあるレアチーズケーキはプリンのように弾力がある。

フルーツタルトは、赤や黄緑、黄色やオレンジなど色とりどりのフルーツがタルト生地の上で輝いている。

最後に、クリスマスを象徴するのは、真っ白な生クリームがスポンジをコーティングし、赤い苺が可愛らしいショートケーキだ。

ケーキと言えば、これなのよ。


机の上に飾られた夢たっぷりのケーキに思わず顔が綻ぶ。小さな幸せが詰まったお城のように、私を待っている。

さっきまでの疲れは、魔法にかけられたようにどこか遠くに飛んでいってしまったかのようだ。この瞬間だけはクリスマスって幸せな日なのかもしれないと思えてくるのだった。


綺麗に磨かれた銀のフォークを手に取り、女の子の可愛いを詰め込んだようなケーキを一口サイズに分断する。ふわふわしたスポンジやクリーム部分は柔らかく、少し申し訳ない気持ちにさえなる。

「メリークリスマス」

一人きりの部屋で小さな声でささやき、口の中に放り込む。

まずはチョコレートケーキ。少し湿っていてお酒の苦みを感じる。ティラミスのようなスポンジだ。濃厚なビターチョコと混ざり合い、幸せが一気にやって来る。「私にとってのサンタクロースも、ちゃんと存在したのね」と、次々と口に入れていく。

飲み込むのがもったいないが、喉を通る瞬間がこのうえなく幸せなのだ。

あっという間にチョコレートは胃の中に溶けていった。フォークに残ったチョコクリームを唇ですくい上げる。まだまだこの幸せは止まらない。

モンブランは最初に和栗を頬張る。それが私の好きな食べ方だ。そしたら上から下へ向かって食べ進める。最初はマロンクリームの甘さをたっぷりと口の中に広げ、最後はタルトでしっとりと終わらせる。私の舌の上でとても甘いケーキたちが躍っている。私の心も躍っている。

フルーツタルト。溶かした砂糖でリンゴ飴のように覆った宝石のような果物をフォークで突き刺し天井の明かりにすかしてみる。

キラキラとしていて、昔お母さんに買ってもらった宝石のネックレスが入ったお菓子を思い出す。あの頃は、可愛いものは自分をきっと可愛くしてくれると信じて疑わなかった。

いつの間にか、可愛いものを持っても許されるのはそれ相応の見た目をした人だけと思うようになった。私みたいな冴えない子が持っていても醜さが露呈するだけで、かえって虚しい気持ちになる。

そのことに気付いたのは中学二年生のとき。

世の中には、敵にしてはいけない人物が存在するが、私の通った中学にもこの子に逆らったら学校中からいじめの標的になると暗黙の了解の女の子がいた。

その子が片思いをしている相手は、私と同じ団地に住んでいる幼馴染だった。鈍感で剣道のことしか頭にない、女心を全くわかっていない幼馴染だった。

ある日、廊下で「白井！　ちょっと！」と、呼び止められた。

もともと友達が少なく、唯一の友達が熱で休んでいた一人ぼっちの昼休み。私に声を掛けてくるのは幼馴染か先生くらいしかいない。

「弁当、忘れたんだろ？　お前の母ちゃんと朝すれ違ったときに預かっといたぞ」

歯茎を見せた笑顔で、水色チェックの手作りの巾着を渡された。

幼馴染が走り去った後、後ろから声がした。

「きも、ブスのくせに調子乗ってんなよ」

ぼそっと私に聞こえるようにその声は通りすぎていった。


次の日から、いじめが始まった。

「ブス」「死ね」と、近くを通りかかるたびに罵られ、失くしものが増えた。男女別の体育の授業では、私と一緒にペアを組んでくれる子は誰もいなかった。トイレに行っている間に私の机と椅子は勝手に使われ、居場所がなかった。ようやくチャイムが鳴り席に戻ると、机に油性ペンで雑な絵が描いてあった。

「あんたの腫れぼったい目と団子鼻とキモい口元、そっくりでしょ？」

数人の女子がくすくすと笑ってる。こういう子に限って、男子の前ではいい子でありフレンドリーでもあるのでモテるのだ。

神様は、悪いことをしたら自分に返ってくるというけれど、そんなことはない。それは私みたいな救いもなく妬むことしかできない立場の人間を救うためのまやかしにすぎない。自分が原因でこんなことになっていると全く気付いていない幼馴染に嫌気がさし、そこから避けるようになった。

最初は、なにかしたかと謝ってきたけど、次第になにも言われなくなった。もうあれから一度も連絡すら取ってない。

私の知らないうちに、幼馴染はスポーツで有名な高校の寮で暮らすことになったという話を母から聞いた。もう会わなくて済むと、そのときは少しほっとした。


そんな中学時代、最後まで私のことを無視せず接してくれたクラスメイトで学級委員長も務める男子に、卒業式終わりに思いを伝えた。初恋で、そして初めての告白だった。

この人は、人を差別する人じゃない。こんな私にも接してくれるような優しい人だ。もしフラれても、思いを伝えられればそれでいいと思い切った。

すると彼は失笑しながら「俺、デブは無理だわ。内申書のために担任に頼まれて話してたけど、マジで無理無理」と去って行った。

「白井から告られたの？　ウケるな」

「付き合ってみれば？　これ以上のブスと付き合える機会、そうそうないぜ」

嘲笑う声が聞こえてきて、耳を塞ぎたかった。一生のトラウマになるような散々な振られ方だった。


甘いクリームを食べすぎたせいか、苺が、ブルーベリーが、キウイが、全て酸っぱく感じられる。

きっとバイトリーダーのあのおやじだって、私がブスでデブだって思ってるに違いない。私があの子たちのように可愛い衣装が似合う女の子ではないと比較したに違いない。だから最初から、サンタのコスチュームを私に渡さなかったんじゃないか。悲しみと怒りを抑えるように、フルーツタルトの最後の一口を食べ終える。

いくら努力しても可愛くなんかなれっこない。生まれつき嫌いだった低い鼻、腫れぼったい輪郭、湿気とともにうずまく前髪。どんなに可愛くなろうとメイクしても似合わない。デパコスを買えるお金だってないし、私に可愛いを恵んでくれる男性もいない。眼中にもないのだ。

友達同士が「え～可愛い！」と言い合う表面上の馴れ合いを眺めて、馬鹿馬鹿しいと思っていたけれど、まず私はその土俵にすら立つ権利もない。

遠くで鼻で笑っているのは、自分よりも可愛いあの娘に対する嫉妬や僻みで、本心では羨ましいなんて思っているから気になって仕方がないのではないか。本当に興味がなければ、そんな馴れ合い心にもとめないし、負の感情を抱くこともないはずなのに。

ダメだ、次々と嫌な考えが私の頭を支配してくる。早く、目の前の幸せを食べないと、考える暇もないくらいに食べ続けないと。

ミルクレープの層を断絶するときのあの不思議な感覚で落ち着きを取り戻す。綺麗に重なっていた層も咀嚼と共にばらばらになって一つに混ざり合う。

甘い、幸せ、甘い、幸せ。

美しいケーキたちを摂取しているときだけ、とびきりの女の子になれたような感覚になれる。自己肯定感を糖が上げてくれる。


もしも、私が可愛かったら。

テレビに映るあの子のようにスタイルも抜群で可愛かったら。

こんな風にクリスマスに惨めに一人ケーキを食べ続けなくて済んだのだろうか。

好きな人に辛辣な言葉も吐かれずに、周りと同じように恋して付き合って放課後どこかの公園で手を繋ぎながら歩いて好きな音楽を分け合えたのだろうか。最後までいじめられることなんてなかったのだろうか。私が私を好きでいられて、両親からも妹と比較されずにもっと愛されたのか。

生まれつき私と似ても似つかない美しい顔つきの妹はみんなから愛された。

「可愛い」という妹へ向けた言葉を耳ダコができるくらい聞かされた。

同じ量を食べていても妹は太らない、雑誌のモデルにスカウトされるくらいスラッとした脚に折れそうなくらい細い腕。容姿についての悩みはなく、いつも周囲に気を使ったり優しさを振りまく余裕が妹にはあるのだ。

おまけに頭もよく成績優秀なので、両親は私以上に妹を重宝し、私になにか小言を言うときは必ず「妹に比べてお前は」が枕詞だった。

「妹は塾も通わずあれだけ成績もいいのに、どうしてお前はお金をかけてもこんな点数なのか」

母親はしょっちゅう嫌みを口にした。

毎朝、妹を迎えにくるいかにも育ちが良さそうな友達。妹には明るい派手なピンク色の手提げをお土産に渡し「お姉ちゃんはもうちょっと違った色の方が似合ったかね」と無自覚に私を傷つける親戚の声。

そんな妹は、私を一人の姉として好いてくれた。私が傷ついていることに気がついていて、これ以上傷つかないようにとそっと優しく接してくれる。

これがかえって辛かった。もし、私に対して冷酷で中学のとき私のことをいじめていたあの子たちのような態度で接してくれれば、自分の中にある妹への嫉妬心を正当化できたのに。

見た目だけでなく、心も醜い自分が鏡に映し出されているようだった。

瞬く間に、夜空を支配する暗闇のようにマイナスな気持ちが私の感情を覆い尽くす。

だめ、考えるなとベイクドチーズケーキを手にした瞬間、「こんなに食べたらまた太ってしまう。冬は洋服に身を包みやり過ごすことができるかもしれないが、その先はどうなるのだろうか」という漠然とした不安に駆られる。

でも食べないと、過去のトラウマや私を嫌いな私が自分の死にかけた心を壊しにくる。

涙と鼻水が入り混じったチーズケーキは甘くてしょっぱい。

もう、素材の味なんてわからない。ただ食べて、甘いものが喉を通って頭がふわふわして、それを繰り返すことでしか自分を保つことができないのだ。

魔法が解けてしまう。魔法が解けたとて、私を探してくれる王子様は不在だ。シンデレラのように愛されない。

自分を守れば守るほど醜くなる容姿。幸せを運んでくれる天使のようなケーキたちが、今では悪にしか見えない。キラキラ純真無垢な見た目をして、きっとこのケーキたちも私を陥れようとしているのかもしれない。


不安、不安、不安。

もう食べたくなんかない、だけど食べないと幸せになれない。

ガシャンとテレビの画面に亀裂が入って、楽しそうに笑うひな壇の芸能人たちの顔にノイズが入る。

無意識に投げてしまったスマートフォンが宙を舞い、テレビ目掛けて飛んでいった。スマホの画面にも綺麗にヒビが入った。

これじゃあ、たまに送られてくる親からのメッセージも読めないじゃないかと真っ黒になった画面越しに映る涙でぐしゃぐしゃになった自分の顔を覗き込む。

苦しい。悲しい。やめたい。

誰かに止めてほしいけど、そんな相手は人生で一人もいない。

自分だけしか味方をしてくれないから、食べるしかない。

粉々に崩れたタルトの破片を手でかき集めて口に無理やり入れる。冷めたミルクたっぷりの紅茶と一緒にそれを流し込み、放心状態に駆られる。


「なにやってるんだろう、私」


天井を見つめる。いつの間にか温度を上げすぎて暑くなった部屋が、エアコンの生ぬるい風が最後のショートケーキの生クリームを少し溶かしていた。

私にとっての最後の希望を、恐る恐る口へと運び込む。

真っ白で甘くこの世の汚れを全部消し去ったかのような生クリームは、見た目と相反してずっしりと淀んだ雲のように私の喉にへばりつく。低気圧のときに近い倦怠感はおそらく食べすぎによるものだろう。

フォークから、美しかった生クリームの姿を失ったなにかが私の口の中へ投下される。

全ての闇を飲み込んだ。だけど喉にへばりついて胃へと流れ落ちてくれない。

ガンッと机の上に突き刺すように、フォークで残った苺を捉える。飛び散った苺の汁は、真っ白だった私のよれたTシャツを赤く染め上げた。

苺を一口で頬張る。ずどんとその赤い塊は喉をすり抜け、クリスマスの甘い甘い夢が詰まったケーキが広がる胃の中に落ちていく。

胃の中で弾け飛ぶのがわかった。目には見えないけれど、きっと真っ白なクリームが広がる私の体内で、水飛沫を上げる噴水のように弾けた。

消防車の低いうねるようなサイレンの音が遠くから聞こえる。どこか近所で火事でもあったのだろうか。

テレビの横に置いてある鏡に映る自分と目が合った。

嗚咽が走る。

吐かないといけないという恐怖に洗脳される。

こんなに苦しみながら得た幸せを一ミリたりとも逃したくないという願いは叶わず、私はキッチンに駆け込んだ。吐かないと。

自らの指を杖のように振るい、喉奥からキラキラと詰め込んだ私の夢を流し出す。私にもし魔法が使えたらと、赤く腫れ上がった手の甲を眺める。

生クリームの雲を貫いて投下された苺は、一気に私の中の全てを吐き出させた。

どんよりとした空のように無機質に広がるシンクの中に、積乱雲のようにぶわっと瞬く間に広がっていった。


「ああ、今日もこうして終わっていくんだ」


虚ろな目で追いかけた時計の針が、0時を回ったことを確認する。

風呂も入らず布団で深い眠りについた。

その夢はとても素敵で、憧れだったフリルのついたワンピースに袖を通し、髪を巻いて、たくさんの友達に囲まれて笑っている私がいた。

手を差し伸べた先には、顔は霞んでよく見えなかったけれど、とても好きだと思える相手がいて幸せだった。

しかし続いてほしいと願う幸せな夢ほど、途中で目覚めてしまう。私にこんな夢のようなシチュエーションが起こるわけないと、夢の中でいつも気付いてしまうからだ。

涙で腫れた目をこすりながら、机に目を向けた。

「あ、まだフォークに生クリームが残ってる」

フォークを手に取り、それを舐めとる。

「うん、甘くて美味しいね……」

女の子の夢がたっぷりと詰まったような甘い夢を摂取することを、私はやめられない。

醜い自分が美しく果物なんかを盛り付けられた純白のクリームを摂取することで、消費期限一日限りのシンデレラになれる特別な時間だから。

うっすらとまだ明かりを映しているテレビの光をたどって、ユニットバスの洗面所へと向かう。

「そうだ、歯磨かないと」

もしもあの娘になれたなら

純真無垢な生クリーム ……………… 100ml

あの娘への憧れ ………………………… 10g

愛されたい気持ち ……………………… 一杯

願うと死にたくなるような夢 ……………… 1回

嫉妬と僻み ……………………………… 一生分

The Tale of the Drunken Mermaid
Who Ate Up All Her Friends in the Sea.

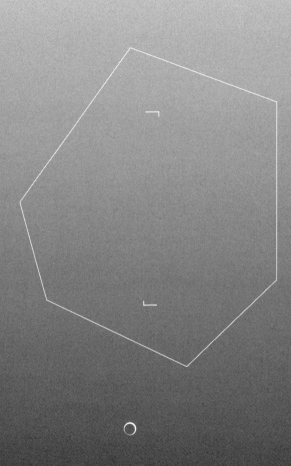

梅雨と夏の狭間の季節に、僕は1K六畳の家賃五万七千円の家に一人ぽつんと取り残された。端的に言うと、彼女に振られたのだった。

薄暗い部屋に取り残されても不思議と孤独な気持ちにはならなかった。部屋にはあたり一面、一歩も身動きが取れないほどものが散らかっていたからかもしれない。

脱ぎ散らかした服や食べ終えたゴミを捨てずに置きっぱなしにしているというわけではない。僕は、単純にものが捨てられないのだ。

友人がいらないと譲ってくれたフィギュアや洋服、レシートや彼女と見た映画の半券、家族旅行で泊まった宿でもらったバスタオル。

ちょっとしたものが少しずつ集まり、足の踏み場がない部屋を作り出してしまった。今日も彼女と部屋のものを捨てるか否かで喧嘩していた。いつもどおり怒鳴りあったらいつの間にか仲直りして近所のファミレスで夕飯を食べているはずだった。

でも、今回は違った。

僕は今日も、こういう喧嘩した日に決まって注文しているたらこスパゲッティを食べることばかり考えていたが、彼女は急に怒るのを止めて、悲しそうな顔で別れを告げて去って行った。

引き止めようと一瞬思って立ち上がったけど、床に落ちていた犬のぬいぐるみを踏みそうになって立ち止まった。

そのまま、彼女が戻ってくることはなかった。


それから数日、数カ月と部屋にいると、変わらず孤独は感じなかったが寂しさを感じるようになった。

一人が寂しいのではなく、彼女に対する恋しさがそうさせているのだろう。

座ってあたりをぐるりと見回すと、至る所に思い出が転がっている。

遊園地に行ったときの入場券や、街角で配られていたクリアファイル。この寂しさが邪魔をして、本来大好きなはずの部屋で過ごすことが苦しいのだ――ついに僕は、この思い出たちを捨てようと決意した。

四十五リットルのゴミ袋を片手に次々と手に取って、袋に詰めていく。もったいない、捨てたくないという気持ちが込み上げてきてもぐっと堪え、ついに僕は投げ捨てるようにゴミ捨て場に、六個分のパンパンに膨らんだゴミ袋を出した。

朝、少し寝坊してジャージで外に出ると、ゴミ袋は綺麗さっぱりなくなっていた。あっけなかった。

部屋に戻って数日生活していると、寂しさは薄れ、鬱屈した気分は綺麗に流れた。彼女だった人のことを完全に忘れ、思い出も忘れ、気持ちがさっぱりして気持ちよかった。なんだか身体が軽くなった気がして、快感に近いものがあった。

僕がものを捨てられないのは、それを大事だと思っているからだ。

ではなぜ、大事なのか。

それはきっと、思い出が詰まっているからだ。

中学の授業で作った貯金箱、大学のサークルの追いコンで貰った色紙や大人の粗品、会社の新人研修の後、部長が酔っ払って僕に渡した木彫りの熊。

思い出だから捨てられないけど、ものを見るたびに思い出の過去と今を比較して、やるせない気持ちになることもある。

学生時代に戻りたいなとか、新入社員のときのような新鮮さを取り戻したいな、とか。


そこで思い切って思い出を全部捨てることにした。

詰めては捨てるを繰り返す。ゴミ袋がゴミ収集車に回収されてなくなっているのを見るたびに、背中がゾクゾクとするような快楽に襲われた。

気が付くと僕の部屋は空っぽになっていた。

これが俗にいう「ミニマリスト」というものなのだろう。最小限主義と呼ばれるそれは、1960年代に音楽や美術の分野において誕生したといわれている。

日本の「禅」にも、通じるものがあるんだとか。

難しいことはわからないが、必要最小限のものしかない軽やかさはとても心地いいものだ。テレビ、パソコン、ソファ、テーブルに照明。この際、どんどん部屋のものを捨てることにした。

遮るものがなにもない部屋では、音が壁に反射して六畳の部屋に反響する。

真っ白な壁と白い木目の床しかない空間は、今まで味わったことのないほどの開放感をもたらした。


捨てるものがなくなると、またなんの変哲もない日々が続いた。

もの足りない。捨てるときの無我夢中な衝動と、身体がふわっと軽くなるあの刺激。情熱をかき立てるものがない焦燥感が僕を襲った。

もうこれ以上捨てるものはないだろうかと思考を張り巡らせた末に、ものを生み出す元凶を捨てればよいのだと思い至った。

友人関係の大整理だ。連絡を取れないよう、メッセージアプリを削除し、やり取りできるのは連絡を取らざるを得ない会社の人たちだけにする。

僕は、もともとそこまで社交的ではない。だから大学時代の友人たちから「土日に飲もうよ！」などのメッセージが送られてくると、行きたくないなと思いつつ、断ることもできなかった。行っても疲れるだけで生産的な話はない。軽くなるのは財布だけだった。

周りに人がいる限り、嫌な気持ちというものが生まれてしまう。

空っぽになった電話帳とスマホの待受画面を眺めると、ものを捨てたときとは違った気持ちよさがあった。僕の心に余白が生まれた。

次はなにを捨てようか。

僕は自分の腕や脚を見た。昔から毛深い体質なので体毛が邪魔だなと思いはじめた。

もし自分に介護が必要になったときに、体毛がこんなに生えていたら世話する方も嫌な気持ちになるだろう。

なにもできない自分が嫌になって早く死にたいとさえ思うに違いない。

そんな未来の想像をしたら、手が勝手に脱毛クリニックに電話をかけていた。

受付の女性に案内された部屋で、少し僕より年上に見える優しそうな女性に脱毛の説明をされた。

僕は迷わず全身脱毛を希望した。完全に脱毛したかったので、医療用レーザーの痛みを承知のうえ、契約を結んだ。

学校の保健室よりも寝心地が悪いベッドに寝かされ、ピピッという機械音が自分の肌の上で鳴り響く瞬間、じゅわっと肌の内が焼けるような痛みに襲われる。

思った以上に脱毛は痛かった。焦げるような鼻を突く匂い、まだ続くのかという苦痛。特に髭など毛の濃い部分は顔が歪んでしまうほど痛みがひどかったが、これでもっと身軽になれると思うと、嬉しくて仕方がなかった。その楽しみがあるなら、あと数回この痛みに耐えなければならないのも乗り越えられる。

脱毛に合わせて眉毛を剃り落とし、頭も坊主にした。そうすれば、シャンプーやコンディショナーを買う必要がなくなる。これ以上、家から減らせるものはないと思っていたのに、二つも減らすことができたのは大きな成果だった。

シャワーを浴び、ボディーソープで頭からつま先まで洗い流す。

眉毛がないので目に泡が入りそうになるのを気につけつつ、ものの数十秒で綺麗になった。

もともと視力が悪く、眼鏡やコンタクトがないとパソコンに表示される文字を追うことが難しかったので、これらを手放すことはできないと思っていたが、会社の夏休みの間に視力矯正の治療を受けることにした。これで裸眼のままで生活ができるようになった。

夏休み明け、すっきりした姿で出勤すると、上司から呼び出しをくらった。

「お前、なにがあったんだ？　頭と眉毛、流石にそれだと営業先に行けないから。なにがあったかわからないけどカツラ……ほらウィッグっていうの？　それ着けてくれないと困るな」

上司は怒っているというよりも、変なものでも見るような目だった。

あまり関わりたくないのか、それだけ告げると「頼むよ」と、打ち合わせへ向かって行った。

「申し訳ありませんでした」

まさか、身なりを綺麗にしすぎて怒られることになるとは予想外だった。

人間関係を整理した今となっては、周囲から白い目で見られるのはどうでもいい。でもウィッグなんて買って、またものが増えてしまうというのは億劫だ。


嫌な気分のまま、残業が長引きそうだったので、気分転換に一度外の公園で休むことにした。時間も時間なので、晩ごはんも持っていく。ミニマリスト生活を始めてからたどり着いた、必須栄養素を理想的に配合しながら、見た目や味といった飾りを削ぎ落とした、完全無欠のスーパーシェイク。

お気に入りのベンチに座って飲んでいると、声をかけられた。

「君、ちょっといいかな？」

人生初の職務質問だった。

「人間関係を整理すれば、誰かの行為で嫌な気持ちになることもなくなると思ったのに」


時計の針が0時を過ぎた頃、ようやく仕事を終えた。

自宅の駐車場に車を止めると、そのまま窓を開けて夜風を取り込み、大きく深呼吸を繰り返した。

夏の生ぬるい風は、もやもやとした気持ちを吹き消してはくれない。

無性にむしゃくしゃしていたので、この感情を抑えるためにもなにかを捨てたいという気持ちに駆られた。

これ以上家に捨てられそうなものはない。しかし、そこで僕は気付いた。

「車の天井って、よく考えるといらないよね」

こつこつと給料を貯めて買った、思い入れのある初めての車。だが工具を借りて、車の天井をくり抜くことにした。

天井を外した夜、早速運転席から上を向いてみた。星がピカピカと光るのが見え、風通しがよくなった。雨の日はビニールでも被せればいいかと、ほろ酔いのような幸せな気持ちで部屋に戻った。

ゴミ捨て場に置きっぱなしにした車の天井は、一般ゴミでは勿論回収してくれず、注意の張り紙がされていた。

風通しのいい車は、会社に行くことを楽しくさせた。遠足に行く子供のように浮かれてしまう。珍しく、ドライブスルーで珈琲なんかを買って、車で飲みながら出社した。仕事もサクサクと進み、気分がよかった。

遠くで若手の女性社員がこちらを見ながらこそこそと耳打ちしているのがわかったが、気にしない。

天井をなくして、ますます世の中のしがらみから解放されていく心地よさのほうがはるかに勝っていた。

しかし帰り際、車に戻ると汁がまだ入ったカップ麺などのゴミが投げ込まれていた。

次の日も、その次の日もゴミが投げ込まれていた。恐らく、誰かによる悪戯か嫌がらせだろう。

いざこざに巻き込まれるのも嫌だったので、結局車ごと手放すことにした。

それからしばらくは電車で通勤していたが、残業で終電はなくなるし、電車に乗ると嫌でもパーソナルスペースを侵害されているような気持ちになるので、仕方なく歩いて通勤することにした。

徒歩は結構な時間を要する。全く無駄な方法だ。

「家のトイレの下水から吸い込まれるように移動できれば楽なのになぁ」

そんなことを考えているうちに、仕事を辞めていた。

晴れて僕は無職になった。

職をも捨ててしまうなんて、ミニマリズムの最たるものかもしれない。

家にいれば服を着る必要もなくなるので、スーツや革靴はむろんのこと、私服もほぼ全て捨ててしまった。ものを捨てるのは楽しくて楽しくて仕方がなかった。


代わりに、とにかくやることがない日々が始まった。スマートフォンは持っているけど、その中身も最小限にしているので、アプリなどはほとんどない。

暇でやることがないというのは苦ではないけれど、時折、突然身体がむず痒くなり、性欲が湧きはじめる。生理現象なのだろう。意思とは裏腹に衝動に駆られるのだ。

僕の身体には余計なものがありすぎる。電気も付けずなにもない部屋で、僕の顔だけがスマートフォンの青白い光に照らされている。

みんな僕がやましいピンク色のウェブサイトを見ているとでも思ったに違いない。答えはむしろ逆とでも言おうか。

僕はこのときに閃いてしまったのだった。まだ身体にいらない部分が残っていたじゃないかと。

「ふうん、30万円くらいで切除可能なのか」

僕が見つめる画面の先には、性欲の元凶である身体の一部の切除を行うクリニックのホームページが表示されていた。高級感漂うワイン色のようなホームページをたどっていくと、手術の内容やその効果などが体験談と一緒に表示されている。僕のように、ミニマリズムを極めた結果、男性器を取り除こうなんていう人はいないかもしれないが、切断をしている人は一定数いるようだった。

決して、男という性別を捨てたいわけではない。僕の意思とは裏腹に反応し、生理現象を引き起こす邪念を取り払いたいのだ。

脱毛したときと同じように、迷わずカウンセリングを予約し、手術の日程を決めるまではすぐだった。結構、大掛かりなものだと思っていたが、手術は一時間程度で終わるし、日帰りで帰れるというのも驚きだ。

晴れて、僕の身体はよりミニマルへと近づいた。

あれから、ゆっくりと時が過ぎていった。

窓が寒さで結露し、自然にできた水滴がすっと流れ落ちる。カーテンがないので、隙間風が吹くと直接肌に当たり、鳥肌が立つ季節になった。

真っ白なルーズリーフのように心にも余白ができ、日頃から瞑想をするようになった。貯金は徐々に底を突いていったが、貯金を空っぽにするというのもある意味ミニマルなのかもしれない。

裸で座禅を組みながら、薄暗い部屋の中心で一人過ごす。眠りと瞑想の隙間に、ふいに、ミニマリストという思想をもっと世の中に浸透させ広めていけば世界から余計なものを断捨離できるのではという漠然とした使命感のような思いがよぎった。そしてそれは、神からのお告げのように、僕の頭を支配した。

「部屋も、身体も、心もミニマルになった今、僕が次に目指すべきは、社会のミニマル化に違いない」

考えるのは簡単だった。しかし、一体どうやって実行していこうか。

外に出て、いかにこの生活が素晴らしいのか叫んでも恐らくなにも変わらないだろう。変質者扱いされて、警察に通報される未来が見える。

ほとんどなにも残されていない部屋をぐるりと見回し、僕は手元にあったスマートフォンを見て思いついた。これ一台で発信することが可能なのではないか。

試しに、カメラアプリを起動し、ビデオを回してみた。髪もなにもない、痩せこけた男の身体が映し出される。裸であっても、上半身だけなら問題ないはずだ。

一分程度、毎回テーマを決めてカメラに向かってミニマリストになることがいかに素晴らしいのかということを論じた動画を撮ってみる。ボタン一つで世界に発信できるなんて、なんてミニマルなことだろう。

スマートフォンの中にデータが蓄積していくのは不快だったが、結果的に世の中がミニマルになるのであれば我慢できる。

　そうして毎日決まった時間に目を覚まし、完全食を摂取し、瞑想をした後、日が暮れないうちに動画を撮り続けた。

　この生活を続けて数カ月が経とうという頃、有名なまとめサイトで僕の動画が取り上げられたようで、コメント数が急に増えた。比例して再生数も僅かにだが増えはじめた。


「ヤバいやつがいると聞いて」

「痩せすぎじゃない？　ホラー系の映画の登場人物思い出した」

「頭おかしすぎて犯罪起こさないか不安」


　質の悪いコメントも多かったが、彼らは普通じゃない。ミニマリストこそ、人間として正常な生き方だということに気付かない愚か者なのだから。

　他方で、希望を見出せるようなコメントもちらほら増えはじめた。

「最初ありえないと思っていたけど、こういう生き方もありなのかも」

「嫌なことばかりの人生を断ち切るためにも参考にしたい」

「怖いもの見たさで再生、気付けば片手にゴミ袋握ってた」


画面越しの視聴者と呼ばれる人たちの言葉に、どれほどの重みがあるかは定かではない。しかしこれが僕の目指す世界に、僅かでも繋がるのであればと思う。

そんなことを思いながら、水墨画のように余計な飾りのない、伝えたいことだけを明確に論じた動画を投稿し続けた。

揶揄する連中も絶えないが、僕の生活を応援しようとする者も現れはじめた。

だが、動画が拡散されればされるほど、僕の思い描いていた方向とは違ったほうへ物事は動いていった。


それはとある有名な動画配信者が、好きな配信者がいると言って、僕のことを拡散したことがきっかけだった。

その配信者には熱狂的な信者がいる。彼が好きだというものは自分たちも好きにならなければならないという不純な理由から、次第に信者たちが僕のことを持ち上げるようになっていった。

こうした下心が隠しきれていない見せかけの言葉が投げかけられるならまだしも、ファンだと言い張る人たちからの郵便物が、僕の家に届きはじめた。

これは僕が、カーテンもつけず場所が容易に特定できるような環境でネットに全てを晒していたせいもある。

しかし、本気で僕の思想を理解し、ミニマリストになりたいという意志がある者ならば、決して僕に余計なものを送ろうという発想に至らないはずだ。

つまり、僕の声は誰にも届いていなかったということか。

次々と異なる住所から届く段ボールや封筒を悲しい気持ちで開封していく。

「いつも応援してます！　たまには栄養のあるもの食べて息抜きしてくださいね」

「流石に、家バレ怖いと思うので、よかったらこの暖簾使ってください」

「この掃除グッズ、部屋が綺麗になるみたいなのでレビューしてみてほしい」

こういった厚意は、本人のエゴにすぎない。僕の気持ちなど顧みず、一体彼らは僕の話のなにを聞いているのだろうか。

　玄関の扉を開けたら、ドアノブにスーパーの袋がぶら下げられていて、そこに弁当や栄養ドリンクが入っていたときもあった。

　窓から、高校生と思しき男子三人組が覗き込んで「あ！　本物だ！　すげっマジで部屋になにもねえ」と騒いでいるのが聞こえてきたときもある。

　これだけに止まればよかったのだが、これを聞きつけたテレビ局が僕を視聴率稼ぎのダシにしようとしてきたり、ミニマリズムについての書籍を出さないかという話まで飛来しはじめた。

　紙の本を出す時点で、一つものが増えるということなのだから、ミニマリズムから遠ざかる行為ではないか。僕はうんざりだった。

　この発信が少しでも世間をミニマルに変えると思っていたのに、逆の結果を生み出してしまった。僕が行動することで、人々はその逆を行こうとするなんて、計算外だった。
動画の更新を止めれば、心配した視聴者たちがさらに余計な心配のエゴを届けてくる。
僕自身も強制的にミニマリストから遠ざけられていった。完全なる僕の過ちだ。
僕の存在は、なにかを増やすトリガーとなっているのではないか。
僕がミニマリストとして最後にできること。それはもう一つしかない。

「さようなら」

僕の動画が止まってしばらくして、誰かが大家さんに問い合わせだそうだ。
「とっくの昔に太田さんは解約されているよ」と、年配の白髪頭の大家さんは答えたそうだ。

僕が死んだのではないかという噂も広まっていた。精神的に不安定であったように見えたのか、自殺とすら騒がれている。

でも、ここまでミニマリズムを絶対視する僕が死んで一番の荷物になる死体を残すわけがないだろう。まだ気付かないのか。

僕はこうして、今目の前のあなたに読まれる存在になったのだ。

つまり、肉体は存在しない空想の中の概念になった。ただそれだけだ。

タイトル不明

成分不明

おわりに

——酒村ゆっけ、

という名前のとおり、普段から酒を飲みながら一人、変わらない日常を過ごしていた私に、小説を書いてみないかという話をいただいた。

酒を飲む日記のような動画を作るために文章を日々書き続けてはいるが、小説は未知の世界だった。学生時代に遊び半分で書いてみたことはあるが、それくらいだ。

しばらく、全く内容が思いつかなかった。

なんとなくノスタルジックな物語を試しに書こうと思ったが、私が書くときな臭くなり、これはダメだと思った。書き方がわからない。

食レポなど、実在するものを表現するのは慣れているが、無からなにかを生み出すのは困難だった。一向に思いつかず、締め切りのアラートが発令され涙を流した。

しかし、突然閃いた。こうなったら日々の妄想を描写すればいいのではと。私は日頃から酒の桃源郷で陶酔しているとき、無意識に物語を想像する癖がある。いわゆる、妄想である。晩酌中は、映画を見るとき以外はぼうっとしているだけなので、目に映ったものに物語を与えがちだ。

例えば、花瓶の中で枯れている花を見れば、たちまちその花瓶が墓に見えてくる。そこから美しい花が枯れて、誰にも気付かれないまま放置されるまでに花が歩んだ一生を考えてしまう。

悪酔いを引き起こす酒缶をコンビニで見かけると、私を惑わす悪い男に見えてくる。手招きされているような感覚に陥り、今日は買わないと決めたはずなのにカゴに入れて散財する。結局、都合のいい女として飲んでしまうわけだ。

そう考えてみると、昔からなにかを見ると、それらに物語を与えがちだった。学校の給食の時間、机を寄せ合いグループを作るものの、話すのが苦手だった私は無言で肩身の狭い思いをしながら給食を食べた。その暇潰しで、赤いプラスチックの容器に敷き詰められた米粒を見て、一つ一つに生命を与え家族に見立てた。生きるために申し訳なく食べる私と、家族が食われるという米たちの悲劇。

また、誰もが一度は想像したことがあるかもしれない、もしもシリーズ。もし今、テロリストが学校をジャックしたらどうなるだろうか。この席の位置的にどう逃げるのが一番安全か。状況から物語を想像することも多かったかもしれない——そんなことを妄想して時間を潰していたのだ。


数ある妄想設定や夢日記をメモの引き出しからかき集め、ほろ酔いになりながら描写した。その景色をできるだけ正確に書き進めた。

無意識に紡がれたストーリーなので、どういうメッセージがあるのか自分でもわからないが、なにかを伝えようとしているのかもしれない。

この本を読んでくださっている方に、一緒に考察してもらえたら嬉しい。


この不思議な物語を最後まで読んでもらえて、感謝の気持ちでいっぱいだ。

乾杯。

酒村ゆっけ、

2021年8月

酒村ゆっけ、（さかむら　ゆっけ、）
酒を愛し、酒に愛される孤独な女。新卒半年で仕事を辞め、そのままネオ無職を全う中。引っ込み思案で人見知りを極めているけれど、酒がそばにいてくれるから大丈夫。たくさんの酒彼氏に囲まれて生きている。食べること、映画や本、そして美味しいお酒に溺れる毎日。そんな酒との生活を文章に綴り、YouTubeにて酒テロ動画を発信している。気付けば、画面越しのたくさんの乾杯仲間たちに囲まれていた。

酒《さけ》に溺《おぼ》れた人魚姫《にんぎょひめ》、海《うみ》の仲間《なかま》を食《く》い散《ち》らかす

2021年８月30日　初版発行
2021年８月30日　再版発行

著者／酒村《さかむら》 ゆっけ、

発行者／青柳 昌行

発行／株式会社KADOKAWA
〒102-8177　東京都千代田区富士見2-13-3
電話 0570-002-301（ナビダイヤル）

印刷所／図書印刷株式会社

●お問い合わせ
https://www.kadokawa.co.jp/（「お問い合わせ」へお進みください）
※内容によっては、お答えできない場合があります。
※サポートは日本国内のみとさせていただきます。
※Japanese text only

定価はカバーに表示してあります。

ISBN 978-4-04-604962-9　C0093